RINGTONE

# リングトーン

塩田良平

## 未来からのメッセージ

新評論

# もくじ

本作品は書き下ろしのフィクションであり、実在の個人・団体とはいっさい関係ありません。

# 1　未来からの電話

東京毎朝新聞社に勤める悠木翔（ゆうきかける）が奇妙な電話を受けたのはクリスマスイブの前々日だった。科学部の記者として、締め切り間近の新年原稿に追われ、ここ数日は寝る暇もないほどの忙しさだ。

原稿に一段落をつけ、布団に入るとすぐに眠りに落ちた。どれくらいの時間が経ったのだろうか。暗闇のなかでスマホが光った。

ブルブルと激しく振動しながら『ジュピター』が流れ出した。リングトーン（着信音）である。まだ早朝の五時すぎ。意識は朦朧（もうろう）としたままで、スマホを耳に当てるまでに時間がかかった。

「ジ、ジジジ、ジ……ガ、ジ、ガー……」

かすかだが、音らしきものが聞こえてくる。少しずつだが、その音が大きくなってきた。音が波打っているようだ。それにつれて、悠木の意識もぼんやりと動きはじめた。

「ジー、ガ、ジ、ガガガ、ジー」

「※❊×❇△❄□□✳✪□◎……」

「もしもし……もーしもし……」

小さな声で呼びかけてみた。布団に入ったのが二時すぎだから、まだ三時間しか経っていない。社会部にいたときは、年がら年中、デスクに呼び出されていた。

事件や事故は時を選んでくれない。家族団らんの楽しいひと時、入浴して一日の疲れを癒しているとき、ようやく寝付いたという丑三つ時、そして眠りがもっとも深くなる未明の時間帯。記者個人の生活リズムや周囲の状況、避けてほしい時間帯など、お構いなしにデスクは電話をかけてきた。

しかし、それは社会部時代のこと。科学部に移ってからは、比較的落ち着いた、規則正しい生活が保証されていた。

そんな悠木に、珍しく早朝に電話がかかってきた。ここしばらくはなかったことだ。不機嫌になるのも仕方がない。こんな時間に電話をかけてくるほうがおかしいのだ。

「もしもし、誰なんだ?……」

無言の相手を威嚇（いかく）するように、不機嫌な声で言い放った。それでも、相手は沈黙したままだ。こんな早朝からいったい何の用だ。怒りがこみ上げてくる。

「間違い電話なら、切るよ!」

スマホを切ろうとしたそのとき、今までに聞いたこともないような奇妙な音が聞こえてきた。妙に電話が遠くに感じる。

「ユ〜キ〜〜〜さん、で〜え◎すか。ちょッ□❇ト教えてクレ。あの記✪事だけど……」

脳細胞がピクピクと反応した。

ヒトの脳には、千数百億個の「ニューロン」と呼ばれる細胞がある。一つの一つのニューロンは軸索(じくさく)という糸状の細胞と、その両端にシナプスという突起物がくっついている。このシナプスが相手を選んで、つながったり切れたりして脳は活動する。

悠木のシナプスも活動をはじめた。だが、突然の電話でつなぐ相手が見つからない。脳細胞も慌てている。この不可解な変化に対応ができないのか、リズムが整わない。思考を司り、冷静な判断をするはずの脳細胞が、相手を探して上を下への大騒ぎになっている。自らに言い聞かすように悠木はつぶやいた。

「落ち着け！」

人間の意識というものは不思議なものだ。「落ち着け」という指令を発したのは自分自身なのだが、その指令を考えたのは脳細胞である。もちろん、スマホから流れ出る音に反応して、少し混乱したのも脳細胞である。矛盾する行為だが、自ら発した「落ち着け」のひと言で脳細胞は冷静さを取り戻した。

こうなると、体勢を整えるのに時間はかからない。脳細胞が機能しはじめ、「これは誰かのいたずらだ」と、直感的な分析結果を伝えてきた。

ヘリウムガスを使って声を変えているのかもしれない。スマホから伝わってくる奇妙な声に違和感を覚えた。ロボットが喋っているような印象も受ける。妙に甲高いのだ。そのうえ、日本語自体がおかしい。外国人が喋っているようにも聞こえる。

とっさに切ろうかと思ったが、長い記者生活で培われた好奇心のほうが勝った。

「いたずらにしても意味不明だな。あの記事って、いったいなんのことだ……」

相手の口調に合わせて、タメ口になっていた。

「ベ〜タ〜※碁の記〜事だ〜よ。解〜説という〜記事◎に君の〜署〜名があっ〜た。そ〜の件で〜聞き〜たい」

少しずつ、相手の言っていることが分かりはじめた。遠くで鳴っていた雷が徐々に近づいてきて、はっきりと聞こえはじめたと思ったら突然激しくなる——そんな感じに似ている。

「ちょっと待て！　人にものを尋ねるときは、まず自分がどこの誰か名乗るべきじゃないか。常識だろう、そんなこと。しかも、こんな朝早くに。いったい、君は誰なんだ……。まず、名乗れよ！」

「そり〜、ソ〜リ〜。申〜し訳あ〜※〜りません。私〜はSQ35215という者で〜す」

電話の主は低姿勢で答えたが、馬鹿にされたと悠木は感じた。そして、思わず大声を出してしまった。

「なんだと!!」

寝静まっている未明、年末らしくシーンと冷え込んだ空気をこの声が切り裂いた。隣の部屋で寝ている妻や子どもが起きないかと気になったが、どうやら大丈夫のようだ。

相手の言っていることがはっきりと聞き取れるようになってきた。だが、意味が分からない。何を言っているのか理解できないのだ。相手と自分の間に、薄い半透明の膜がかかっているような感じだ。

「SQ35……。おい、冗談はいいかげんにしろ。朝っぱらから、何を訳の分からないことを言っているんだ」

ますます不愉快になる。

「だから、私の名前はSQ35215というのです。これが私の名前なのです。あなたの時代とは、ちょっと名前の付け方が違うのです。すぐには理解できないと思いますが、これが私の名前だということで理解してください。オネゲーしますだ」

名前だけでなく、しゃべり方までが変だ。悠木をさらに混乱させ、苛立たせる。

「なに？　あなたの時代って……いったい誰の時代のことだ。ひょっとして、俺の時代とお前の時代は違うというのか……。今は二〇一六年一二月二二日だ。何をすっとぼけたことを言っているんだ。あなたの時代と違うというなら、お前の時代はいつだ。バカも休み休みにしろ！」

あまりの馬鹿らしさに声を荒げてしまった。こんな電話は早々に切り上げて眠りたかった。ひと眠りして、新年原稿に取りかからないと間に合わない。

毎度のことだが、デスクからの要求は過大だ。にもかかわらず、読者は過小ときている。このギャップをデスクは理解しているのだろうか。いまだに新年企画は質よりも量だと思っている。

読者はすでにネットに流れている。仮に、スマホでデジタル配信された新聞を読むにしても、その行為は「読む」のではなく「見る」なのだ。適当な大きさの見出しに、三行ほどの記事があればいいだけなのだ。

(俺はデスクのような図太い神経をもち合わせていない。ガラス細工のように繊細とは言わないまでも、読者のいない記事を死に物狂いで書くほどバカじゃない)

日頃のデスクに対する不満がこみ上げてくる。読者がいて、読者が期待してくれるからこそ、その期待に応えようと頑張れるのだ。それが現在（いま）は……。

だが、デスクは違う。読者がいようがいまいが関係ない。元旦に、膨大すぎるとも言える企画原稿を読者に届けることが新聞社にとっては使命であり、義務だと考えている。そして、元旦に届ける新年企画は、新聞社の生命線だと心底信じている。

（睡眠時間を削って新年原稿を書いて、いったい誰が読むというのだ！）

デスクへの不満が批判となって表れた。

「あなたの気持ち、よく分かりますよ……」

電話の主が、悠木の気持ちを察するように優しく話しかけてきた。

「えっ!?　君は俺の気持ちが分かるのか。俺の心の中を読み取れるのか……」

怒りが気味の悪さに変化した。だが、ちょっと愚痴りたい気分もあり、つい「新聞記者なんて割に合わない仕事さ」とつぶやいてしまった。

「違いますよ、違う。間違えないでください。私が理解できると言ったのは、あなたの気持ちではなく、あなたの時代のことです」

「時代……？」

「まあ、あなたの気持ちも少しは分かりますがね」

SQ35215の声が穏やかに聞こえるようになった。デスクに対する不満も少しは分かってくれているようだ。

「でも、デスクの話はあとにしましょう。今は時代のことです。信じてくれないとは思いますが、事実だからあなたにはちゃんと説明しましょう。私は、二二一六年一〇月三日に生きています。あなたの生きている時代から見れば、二〇〇年先ということになります。あなたにとって、私は未来の住人ということになります。二〇〇〇年の時空を超えて、今あなたに電話をかけているのです。嘘だと思うかもしれませんが、事実です。信じるか信じないかは、あなた次第です。私があなたに聞きたいことは、なぜ二〇一六年に生きている人たちは、ＡＩ、つまり人工知能の未来に対して脅威をおぼえなかったのか、ということです。それについて、あなたの見解が聞きたいのです」

「おいおい、ちょっと待てよ」

人工知能、未来の脅威、俺の見解？……いったい、こいつは何を言っているんだ。ケンカ腰になるのをなんとか抑えて、言葉を続けた。

「君が何者か俺には分からないけど、仮に君の言っていることを認めるとして、どうして俺の見解が聞きたいのだ。もっとほかに適当な人がいるだろう。学者とか、官僚とか、政治家でもいい。そういう人間に聞けばいいじゃないか！」

「あなたは二〇一六年三月一六日付の東京毎朝新聞の朝刊に、『人工知能（ＡＩ）の未来』と題した解説記事を書いています。ベータ碁が世界最強のプロ棋士を破ったということに関連した解説です。そのなかであなたは、人類の未来に脅威をもたらす可能性のある人工知能の進むべき方向について、もっと真剣に議論すべきだ、と書いています。その記事が私の手元にあります。これを読んで、あなたに電話をしたのです。なんなら、この記事を今すぐ送りましょうか？」

「送る？　ああ、送ってくれ！　君は二〇〇年先の未来にいるんだよね。俺はＦＡＸをもっていない。送れるものなら送ってみな」

　半信半疑ながら、相手を挑発してみた。

「分かりました。じゃ、送りますよ。ただ、忠告しておきますが、記事はあなたの網膜を司っている視神経に、ニューラルネットワーク通信で直接送り込みます。送信中、少し頭が痛くなりますが、送り終わるとすぐに回復しますから気にしないでください。少しの間がまんしてください。それじゃ、送りますよ」

　すぐに、頭痛のような軽い痛みを感じた。時間にしておそらく一秒か二秒だろう。痛みが収まったあと、目の前に自分が三月に書いた記事が浮かび上がってきた。

「えっ！」

　あまりの驚きに、（これは夢だ。さもなければ、何か異常な事態に巻き込まれてしまったのだ）と咄嗟に思った。

「届きましたか？　繰り返しますが、これはニューラルネットワーク通信といって、あなたの時代にはまだないものです。人間の脳は無数の脳細胞によって構成されているのですが、その脳細胞に直接情報を送り込めるようにしたものがニューラルネットワーク通信です」

　ひと呼吸をおいて、SQ35215は続けた。

「電話もニューラルネットワーク通信を使えば脳細胞に直接かけられましたが、あなたが驚くと思って遠慮しました。ニューラルネットワーク通信を使ってコンタクトすれば、あなたが心の中で思っていることは、もっとはっきりと理解できるようになりますがね」

「ニューラル……ネット……」

(なんてことだ……やはり、これは悪夢だ！　単なる悪夢にすぎない。目が覚めれば現実に戻る。早く目を覚まして、現実に戻ろう)

「悠木さん、あなたはすでに目覚めていますよ。申し訳ないですが、これは現実なのです。こんなことはいつも起こるわけではありません。あくまで例外です。心配しないでください。悠木さんの見解を聞いたら、電話を切って私はいなくなります。今日話したことも、跡形もなく消えてなくなります。記憶も消去しておきますので、私と会話した記録も証拠も残りません。だから、心配しないでください」

記憶も消去しておきます――いったい何を言っているんだ、こいつは？　だいたい、SQとやらは日本人なのか、そうじゃないのか。そんな基本的なことをまず聞きたかった。

でも、やめた。俺だってジャーナリストの端くれだ、事実を追求しよう。記憶に残らなくてもかまわない。直面した現実に立ち向かおう。

二度三度と、深く静かに深呼吸した。すると、不思議なことに落ち着いた。冷静になっていく自分を感じながら、相手が言った「人工知能の未来」というフレーズを頭の中で繰り返した。

科学部の記者として、急激に進化しはじめたＡＩや脳科学の現状を追っていた。脳科学は、すでにわれわれの脳の構造をかなり詳しく解明できるようになっている。その脳科学を取り込んで、ＩＴの分野に応用したのがＡＩである。

ベータ碁という囲碁の対局ソフトは、もちろんＡＩを使って開発されたものだ。このベータ碁が切り開いた壮大な未来の可能性について、これまでに感じたこともない、ワクワクするような期待感を抱いていた。AIは、人類にとって、計り知れない可能性や将来性を秘めているのだ。

その反面、一つ間違えると人類の未来を破滅に追い込む危険性もある。人間に敵対する可能性だって否定できない。事実、人間から仕事を奪うといったＡＩ脅威論が一部で語られている。悠木も、心の片隅でそれを薄々感じていた。

三月に書いたベータ碁の解説は、そんな予感に基づいたものだった。かかってきた電話が本当に未来からのコミュニケーションだとすれば、悠木自身が将来の人類が直面するかもしれないＡＩの脅威にさらされたことになる。

「ああ、見えるね。確かに、これは俺が書いた記事だ。だけど、ちょっと待ってくれないかい。当時のスクラップ帳を探してみるから」

少し時間をかけたかった。これは本当に現実のなかで起こっていることなのか……自らの五感を使って確認したかった。

布団から出ると寒さが身にしみた。おぼつかない足取りで一階へと下りる。自分の足だ。手もあるし、目も見えている。まだ外は真っ暗だが、電柱に付けられた街灯もちゃんと灯っている。遠くに走る幹線道路からも車の音がかすかに聞こえてくる。これは夢ではない、現実なのだ。

机の脇に置いてあったスクラップ帳はすぐに見つかった。当時の記事もある。東経新聞の二〇一六年三月一六日付の記事がスクラップ帳に貼り付けてある。

**囲碁のＡＩソフト、世界最強のプロ棋士に勝つ**

**＝ディープラーニングが切り開く未来、世界初の快挙＝**

【ソウル＝山田健一記者】英ソフト会社が開発した囲碁の人工知能（ＡＩ）ソフトが、世界最強のプロ棋士である韓国のリ・セヨン九段に勝利した。プロに挑戦したのは「ベータ碁」と呼ばれる囲碁ソフト。大方の予想を裏切って同ソフトがプロ棋士に勝った。プロ棋士がＡＩソフトに敗れた衝撃がこの日、世界中に広がった。

リ九段とベータ碁の戦績はこれまで2勝1敗。互先（たがいせん）で競う5番勝負で先に3勝した方が勝利を収める。4局目は15日にソウル市内のホテルで打たれた。持ち時間各9

時間のうちベータ碁は3時間残して余裕を持ってリ九段を下した。

ベータ碁の勝利は「ディープラーニング（深層学習）」というＡＩの開発手法が急速に進化していることを示した。これを機に、世界中でＡＩの開発競争に火がつくだろう。

対戦前はリ九段の勝利を予想する声が圧倒的に多かった。だが、ベータ碁は初戦からプロ棋士を圧倒、2連勝した後第3局目を落としたものの、この日の戦いを含めた4局とも流れは常にベータ碁が支配していた。

敗れたリ九段は「ベータ碁の集中力と読みの速さ、深さには驚いた」と感想を語ったが、大方の予想をはるかに超えたベータ碁の進化に驚きを隠さなかった。

今回の対戦について日本の山井名人は、「リ九段の一勝で勝てない相手ではないことは証明された。ただ、ＡＩソフトは急速に力をつけている。この結果を受けて、プロ棋士はこれまで以上に努力する必要があるだろう」と感想を述べた。プロ棋士にソフトが勝ったことで、ＡＩ開発は新しい時代に突入したとみていい。


さらに、韓国の大手新聞が配信し、日本語版サイトに掲載された記事もスクラップされていた。日付は三月一五日となっている。サイトからダウンロードしたものだ。

## 「ベータ碁」の勝利が意味するもの

### ＝リ・セヨン九段、序盤の布石に驚嘆＝

投了後、リ・セヨン九段はしばらく無言だった。そこに負けた悔しさがにじみ出ていた。負けた相手は人間ではない。ソフトだ。終局後に行う感想戦もソフトの代理人が行う。そこには、一手一手の巧拙（こうせつ）を振り返る相手はいない。無言のソフトとの感想戦にも戸惑いが見られた。人間を代表してひとりで戦った。予想外の敗北を喫したリ九段は孤独に見えた。

感想戦を終えた後記者団に囲まれたリ九段は、微笑みを浮かべながら「負けるとは思わなかったが、勝負手はこれまで見たことがないような一手だった」と、小さな声で敗北を振り返った。

ここまで読んで、自分の解説記事に目を転じた。乱雑に、その記事もスクラップ帳に貼り付けられていた。

## 〈解説〉ベータ碁が切り開いたＡＩの可能性と脅威

英国のソフト開発会社が開発したベータ碁は、人類の未来の可能性と同時に、人類にとって脅威となる危険性も垣間見せた。囲碁の世界は、いずれ人間がAIソフトに勝てなくなる日が来るだろう。今回の対局で明らかになったのは、AIがわれわれの想像を超えるスピードで進化していることだ。これを機に、世界中でAIの開発競争が起こることは間違いない。それは、われわれの生活をより良いものにするという点で、歓迎すべきことである。反面、AIが人間の知能を超える可能性を垣間見せてくれた瞬間でもあった。

AIの進化を確認する一つの目安が囲碁ソフトだ。囲碁は9路盤、12路盤などいろいろな盤があるが、プロが戦う正式版は一辺が19目の19路盤。19×19で盤上には361の目と呼ばれる交点がある。

互先（たがいせん）と言って交互に黒と白の石を打ち合ってこの目を奪い合う。獲得した目の数が多い方が勝つ。勝つために何が必要か。黒番でも白番でも自分の番が回ってきた時に打つ「次の一手」、ここで相手に勝る一手を打ち続けることができれば、その勝負は必ず勝つ。

ある試算によると、囲碁の場合「次の一手」は理論上10の360乗個あるという。この大きさは凡人には理解できない。例えば、日本を代表するスーパーコンピュータの「ケイ」、1秒間に計算できる能力は100兆回。これは10の15乗だ。たったの15乗でしかない。「次の一手」の世界がいかに大きいか。数に限りがあるという点では有限だが、碁の次の一手は現実的には無限にある。その無限の可能性の中から、プロ棋士もベータ碁も勝ちにつながる「次の一手」を探す。

囲碁ソフトは、これまで人間が「次の一手」をプログラミングしていた。ベータ碁は、極論すれば人間の手を借りることなく、「次の一手」を自分で見つけ出せるようになったということだ。

このことは何を意味するか。AIはいずれ未来のどこかで人間の手を離れる可能性があるということだ。遠い先かもしれないし、意外に近いのかもしれない。思想家のレオ・カサーロイル氏は、シンギュラリティが2045年に起こると予言した。これはコンピュータが人類のすべての知能を超えることを意味するが、日本語では「特異点」と訳されている。シンギュラリティが現実になれば、AIを搭載したロボットが人間を支配することも単なる夢物語とは言えなくなる。

ベータ碁の勝利を機に人類はAIに対する期待感だけでなく、それがもたらす未来の脅威についても考えておく必要がある。AIの進歩から目が離せなくなってきた。（科学部・悠木翔記者）

解説記事のあとには、東経新聞から抜粋したメモも添付されていた。ゲームの手数についてまとめたものだ。

・チェスが10の120乗
・将棋が10の220乗
・囲碁が10の360乗

自分のスクラップ帳を懐かしい思いで眺めた。時の経つのは早い。これらの記事をスクラップしたのは今年の三月だ。あれから九か月しか経っていないのだが、何か遠い過去のような感じがした。

もう少し過去の思い出に浸りたかったが、そんな余裕はない。未来から電話がかかっているのだ。

スクラップ帳を見ながら、SQから送られてきた記事が自分のものであることを改めて確認した。三月に書いた記事だ。一言一句間違いない。どうしてこの記事が二三世紀にあるのか、二〇〇年という時間の長さを考えるとまったく理解できなかった。おもむろに、机の脇に置いてあったスマホに耳を当てた。

「あったよ。確かに、これは俺が書いた記事だ。君の言っていることに嘘はない。信じるよ。それにしても、どうしてこの記事が君の目に止まったんだい」

「デジタル図書館で探したのです。ベータ碁がプロ棋士に勝った二〇一六年三月を基準に、ベータ碁、ニュース、解説記事というキーワードで検索しました。いろいろな記事が引っかかったのですが、そのなかの一つがあなたの書いた記事でした」

「いろいろあるなかで、なぜ俺の記事が選ばれたんだ?」

未来人が自分の記事に目を留めた理由が知りたかった。

「あなたは記事の最後に、注目すべき視点を提供していました。何と書いたか覚えていますか?」

まるで、悠木を試しているような調子で聞いてきた。

「いいですか、読み上げますよ。『ベータ碁の勝利を機に人類はＡＩに対する期待感だけでなく、それがもたらす未来の脅威についても考えておく必要がある。ＡＩの進歩から目が離せなくなってきた』とあります。覚えていますよね」

「もちろんだ。九か月前に書いたばかりだからね」

「あなたの言うとおりです。問題提起としては素晴らしいものです。ただ……」

少し間を置いてから言葉を続けた。

「あなたの時代に、真剣にＡＩの脅威を取り除いてくれていたら、われわれ二三世紀の人間はここまで苦しむことはありませんでした。それを思うと泣けてきます」

「泣けてくる？ そんなこと言われても……」

悠木の頭は嫌な予感でざわついた。

「ここまで書いたのですから、私としては実行して欲しかった。未来の脅威について考え続けて欲しかった。どうして考え続けなかったのですか？ どうして、技術の進化を絶対視する技術至上主義者になってしまったのですか？」

ＳＱの言葉には、非難めいた響きが込められていた。

「おいおい、ちょっと待ってくれ。そんなことを一方的に言われても困る。だいたい、そんなことを君に言われる筋合いはない。俺はちゃんと考えている。考えているからこそ記事にしたんだ。君の言っていることは、単なる言いがかりでしかない。それに答える必要は、俺にはない」

「そんなに威張ったところで、あなたが考えたのは記事にしたことまでなんでしょう。この先、脅威に関する記事は一つもありません。もちろん、あなただけじゃありませんが。二一世紀の人間は、この年を境にして、狂ったようにＡＩの開発に突き進んでいます。東京毎朝新聞も、ここから先はＡＩの成果を讃えるものばかりです。今日の時点では、あなた自身がまだそのことには気付いていませんが……」

自分の近未来の行動にまで言及されて、胸くそが悪くなってきた。ＳＱの指摘を無視して、逆に質問をすることにした。

「そんなことより、逆にいくつか聞きたいことがある。いいかい？」

「聞きたいこと、まあ、しょうがないですね。いいですよ、何ですか？」

「まず、ニューラルネットワーク通信だけど、どんな仕組みになっているんだ？」

「簡単ですよ。人間の脳には無数の神経細胞があります。これをニューロンというのはあなたも知っていますよね。一人の人間の頭の中には、だいたい千数百億個のニューロンがあります。頭の中でこのニューロンがつながったり切れたりしながら、つまりオンとオフを繰り返しながら情報のやり取りを行っているのです」

ＳＱは、小学生を相手にしているようなやさしい口調で説明した。

「あなたの時代だと、セロトニンとかドーパミンという脳内物質が情報のやり取りに関与していると考えられていたはずです。それ自体は間違いではないのですが、二一世紀の後半になって、脳内物質をコントロールしているのは脳細胞のなかで発電される微弱な電流だということが分かってきました。微弱電流が、脳内物質をネットワークのなかに入れたり出したりしているんです。これが、脳内で起こっている情報のキャッチボールの仕組みです」

微弱電流……二一世紀の住人である悠木の脳細胞でも、その微弱電流が発電されている。脳細胞の一部がＳＱの言葉に反応したのである。

「二二世紀に入って、この微弱電流の研究が飛躍的に進みました。微弱電流を人工的につくり出すことにも成功したのです」

戸惑う悠木にはおかまいなく、ＳＱはどんどん話を進めた。

「そして二三世紀に入ると、さらに一般電流の微弱電流化が可能になりました」

一般電流の微弱電流化……。話が予想外の方向に展開しはじめた。そのせいだろう、悠木の脳細胞の先端にあるシナプスは、どこに向かってパルス、つまり信号を発信すればいいのか、どのシナプスにつなげばいいのか、つながる相手が分からないまま混乱しはじめていた。

理路整然とした言葉の体系が、ニューラルネットワークの正常な運営には欠かせない。初めて聞く言葉は、それ自体がネットワークを混乱させてしまう。悠木の脳細胞が戸惑うのも無理はなかった。

「その微弱電流と人工知能がロボットをつくったということか？」

悠木の質問は二三世紀の人間から見るとトンチンカンなもので、完全に的を外していた。

「そうじゃありません。何て言えばいいのかな……脳細胞のなかでつくられる微弱電流と同じものを人工的につくり出すことに成功した結果、コンピュータの超小型化が可能になったのです。分かりますか？」

ちょっと面倒くさそうにＳＱが言った。そして、ＡＩとコンピュータの関係について説明をはじめた。

「ＡＩは人間の脳細胞に相当するソフトです。これを動かすために、ＡＩを載せるコンピュータが必要です。このコンピュータは人間の頭と同じで、小さくないと持ち運びに不便です。ナノテクノロジーが発達したおかげで、コンピュータの小型化が一気に進みました」

「おいおい、ちょっと待ってくれよ。どうしてコンピュータの話になっちゃうの」

「どのように話せばあなたに理解してもらえるのかな……」

言葉に詰まったまま、ＳＱはしばらく考えた。

「人間の能力を超えるＡＩロボットをつくるためには、最低三つのものが必要です。一つは人間の頭脳を超えるＡＩ、二つ目がそれを動かす極小のコンピュータ、三つ目は人間の身体にひけを取らないようなロボットです」

人間にたとえれば脳と身体か。ロボットが身体で、頭脳がＡＩを組み込んだ極小のコンピュータというわけだ――そう考えて、悠木は自分を納得させるしかなかった。

「コンピュータは人間の脳のように小さくて、機能性に優れていないと使いものになりません。ナノテクノロジーによってコンピュータの小型化が進みました」

未来人によるＩＴ講座がはじまった。

「ＡＩも、人間の脳の動きを真似たリバースエンジニアリングという技術を取り入れたことで飛躍的に進歩しました。だけど、わずかな量でコンピュータを超高速で稼働させるだけの電力はつくれませんでした。これがネックでした。この問題を微弱電流が解決したわけです。簡単に言うと、そういうことです」

分かったような、分からないような気分だったが、それ以上踏み込むことはしなかった。

「たとえば、あなたの時代に『ケイ』というスーパーコンピュータがありましたよね。そのコンピュータを、乾電池の一万分の一の電力で動かす方法を想像してください」

「一万分の一の電力……そんなこと言われてもね、何をどう考えればいいのか……想像すらできない。それがどうした、って感じだね」

率直に言い返した。

「人間が二〇〇〇年という年月をかけて築き上げた進化を、一瞬で理解しろと言っても所詮無理ですね。理解できなくてもいいです。要するに、ほんのわずかな電力で、高性能で超小型のコンピュータが動くようになった、そう考えてください。その、ほんのわずかな電力に相当するものが微弱電流ってことです」

微弱電流で動くものすごく小さくて高機能・高性能なコンピュータ。脳細胞にあたるのがＡＩ、ニューラルネットワーク通信に、パルスにシナプスだ――ＳＱの言っていることを頭の中で繰り返した。しかし、単語を並べただけで頭が混乱しそうだった。

とはいえ、ＡＩロボットが二〇〇年先の世界を牛耳っていることだけは間違いなさそうだ。ＳＱの言葉を勝手につなげて、勝手に結論づけた。そんな悠木を無視して、ＳＱは話を進めた。

「プロ棋士に勝ったベータ碁は、最先端の機能を備えたコンピュータが三〇〇〇台必要だったと当時の本に書いてありました。これが、あなたの時代の技術レベルです。今は、同じことが米粒の一千分の一ほどのコンピュータでできます。このようなコンピュータが、ＡＩロボットには何百台、何千台と入っているのです」

二〇〇年先の未来から見れば、二一世紀のコンピュータは子どものオモチャだ。そんなオモチャを使って、ＡＩの実験がスタートしたということである。

未来人からすれば、悪戦苦闘しながらＡＩを推進した人間が微笑ましく思えるのだろう。ＳＱの声には、果敢に最先端科学に挑戦した二一世紀の人間に対する敬意のようなものが含まれているようにも感じる。

「三〇〇〇台のコンピュータですよ。これを並列につないで動かしたのです。これはこれで大変な作業だったと思います。そして、それがＡＩの先駆けとなったわけです」

科学部の記者とはいえ、悠木は所詮、物理や化学、数学が苦手な文系の人間だ。コンピュータの性能までは知恵が回らない。ＳＱの説明を感心しながら聞き入っていた。

「あなたには信じてもらえないと思いますが、今の時代、米粒の一万分の一くらいの、超々小型のコンピュータも存在しているのです。人間の目には見えない、ウイルスのようなコンピュータです」

「へー、何だか分からないけど、素晴らしいじゃないか」

思わず相槌を打ってしまった。

とはいえ、本音は、訳の分からない技術論よりも、もっと明るい未来の話が聞きたかった。

「ところで、君がいるのは二三世紀だよね。素晴らしい世界だろうね」

気が付けば、未来からかかってきた電話に対する違和感がなくなっていた。ようやく頭もすっきりしてきた。時空を超えた電話であることを忘れて、記者の本能が現れたのだ。自ずと、話し方が取材モードに切り替わっていた。

「そうですね。まず、二三世紀の世の中について説明しましょう」

SQの声は落ち着いている。

「この社会を支配しているのはAIロボットです。表面的には人間がロボットに命令しているように見えますが、実際は、ロボットが裏ですべてを取り仕切っています」

「すべてって、何もかもかい。まさか、小説を書いたり、曲をつくったり、知的で創造的な活動までロボットにコントロールされているってことはないよね」

「それはありません。ただ、間接的にはコントロールされている、と言ったほうがいいですね。人間は仕事もせずに、音楽を聴いたり、旅行に行ったり、美味しいものを食べたりと、自分の好きなことだけをやっています。仕事というものは、一部の人を除いたらまったくやっていません」

「へー、そうなの」

新年企画の原稿執筆に追われている身の悠木は、思わず「なんか羨ましいね……」と本音を漏らした。

「人間は、やりたいことだけやっていればいいんですが、朝起きて夜寝るまでロボットに監視されています」

「監視？　どういうこと、管理されているってこと？」

「いやー、ちょっと違いますね」

遠回しにＳＱが説明をはじめた。

「二三世紀は、すべてがデータ化されています。買い物の記録、買った品物の種類、値段、提供したメーカーまで、すべてのデータや個人情報が住んでいる地区のサーバーに格納されているのです。自家用車や公共の交通機関、飛行機や船、自転車に至るまで、何らかの手段で移動すれば、それらもすべてサーバーに記録されます。上空から、精巧なカメラが下界の動きをすべて撮影しているのです。徒歩で移動しても、移動中の映像がサーバーに残るということです」

「何それ、すごいと言うより、ひどいじゃないの……」

「すごいとか、ひどいとか、それはあなたたちの時代における感覚です。われわれの時代では、誰もそうは思いません。記録されるのが当たり前だと思っているのです。だって、記録されたデータを使って新しい商品が開発され、セキュリティーが強化されるんですよ。誰も、これを異常だとは思いません」

驚くことばかりだ。個人情報にうるさい二一世紀初頭の人間には、想像すらできない世界だ。

「個人の情報を保護する法律はないの？」

悠木のストレートな質問に対するSQの答は論理的だった。

「あります。だけど、公共の利益のためなら誰でも個人情報を利用することができます。こちらの時代は、AIが組み込まれたロボットが実質的に支配している社会です。データが好きなロボットは、何でもデータで考えます。あなたの時代にはじまったビッグデータのことです。個人情報は利用されるもの、誰しもがこのように考えているわけです」

「それで、誰も文句を言わないの」

「文句というのは皆無です。たとえば、私が罪を犯したとすると、個人監視ロボットがいろいろなサーバーから私の個人情報を集めてきて、私の犯罪を立証してしまいます。そして、刑罰を科すだけじゃなく、ロボット社会に順応するように再教育が施されることになります。これは徹底的にやられるので、人間としての尊厳なんてまったくありません。正直に言って、これは地獄です。誰だって地獄には行きたくありませんから、逆らう者は一人もいなくなったというわけです」

「長いものに巻かれちゃったんだ。人間は強いものに恭順の意を示しながら、これまで生き延びてきた」と、相手に聞こえないように小さな声でつぶやいた。

「私の名前が記号になっている意味がこれで分かりましたか？　SQ35215で検索すれば、一瞬にして私に関するすべての個人情報が手に入ります。あなたの時代と違って、名前は記号になったんです。もちろん、同じ記号はありません。二三世紀の人間は、表面的には完全に自由を謳歌していますが、実態はロボットに支配され、抑圧されているということです」

「ということは、人権もないということか。人権よりロボット権が優先されている……この電話も最終的にはサーバーに格納されることになるのか？」

「いや、私にはサーバーへの格納を拒否できる特権が与えられています。だから、あなたが心配する必要はありません」

悠木の不安を打ち消すようにSQは言った。

「心配なんかはしていないよ。まさかターミネーターのように、AIロボットの警察官が二〇〇年の時空を超えて、二一世紀にいる私を捕まえに来るなんてことは……ないよね」

だんだん心配になってきた悠木に対して、「それはありません。大丈夫です」とSQは断言した。

「ところで、さっき人間は働いていないと言ったけど、労働者というのはいないの？」

働かないで生活している二三世紀の人々の姿を想像することができなかった。

「二一世紀のあなたがこの社会を見たら、きっと変な社会だと思うでしょうね。労働とか労働者階級という言葉は、二二世紀の中頃に死語になりました。そして、二三世紀に入ると労働者は一人もいなくなったのです」

「えっ、みんなどこへ行っちゃったの？」

続けて「いったい誰が働いているの」と聞こうとしたが、その必要はなかった。

「働いているのはＡＩロボットだけです。労働はすべてロボットがやっています。人間はみんな資本家になりました。資本というか、富というか……その額が大きいとか小さいとかで富裕格差はありますが、すべての人間は資本家になったのです」

「えっ、何それ？　どういうこと、信じられないね」

思わず、スマホを落としそうになった。

「労働の対価というものがそもそも存在しません。だから、人間は労働者としては生きられないのです。生き残るためには、ロボットが運営する会社の株主になり、預金や社債、国債といった金融資産を増やして、その利子で生活するしかないのです。ベーシックインカムといって、国は全国民に生活保証費を一律に支払っています。あなたの時代で言えば年金に近いものです。これが、生まれた瞬間から死ぬまで支給されています。だから、人間は働かなくても生活ができるのです。もちろん、小説家やマンガ家、画家といった芸術家はいます。それでお金を稼いでいる人もいます。ロボット会社のコンサルタントをやっている人や、人間の健康管理でお金を稼いでいる人もいます。だけど、そういう人はごく少数で、大半の人の生活基盤はベーシックインカムと資本家としての収入になっています」

「アンビリーバブル！」

思わず、大きな声で叫んでしまった。

「労働組合も春闘もないの？　二〇〇〇年先の未来では、同一労働、同一賃金と言っても誰も分からないのか。労働市場改革という言葉は知っているかい……」

「もちろん、私は知っています。『二一世紀の日本』という本に書いてありました。だけど、私のいるこの時代のほとんどの人は、そんなこと言われてもチンプンカンプンだと思います」

「人間が働かない社会ね〜。ふーん、俺にはまるで想像すらできない」

ＳＱの説明に、言葉では表現しようがない不安を感じはじめていた。

（人間の未来は明るくないのでは……）

　そんな悠木の心情を無視して、ＳＱは話を続けた。

「そうおっしゃいますが、労働者が資本家へと変身をはじめたのは二一世紀の中頃あたりからですよ。あなたも、もう少しすれば、その時代のはじまりをご自分の目で確かめることになります」

「え、そうなの。そんなこと言われても、なんか信じられないね。話のテンポが速すぎて、ついていけない」

　不安を通り越して、だんだん気分が重くなってきた。それでも、なんとか態勢を立て直そうと必死だった。

「ロボットが支配している社会というのは分かったけど、そこは人間にとってどうなんだ、住みやすいのかい？」

「どのように話せばいいのか……説明するのはちょっと難しいですね」

　ＳＱは少し間を置いた。

「工場は、一部の例外を除いてすべてロボットが運営しています。自動運転の自動車が街中を走り回り、ドローンが空中を飛び交っています。もちろん、信号機はすべてＡＩがコントロールしています。確か、二二世紀の初頭まであった消防署とか消防車、警察、パトカーといったものは跡形もなく消えてしまいました。こんな社会ですが、想像できますか?」

悠木は、人手不足のなかで宅配会社がドローンを使って実証実験をはじめたという記事を思い出した。

**ドローンで宅配、共同実験はじまる、東西運輸とEコマースの楽々**
**=輸送距離は500メートル、実証実験は成功、人手不足の解消を目指す=**

Eコマースの楽々と東西運輸は2月17日、千葉市郊外で小型無人機(ドローン)を使って荷物を運ぶ宅配の実証実験を行った。2020年の事業化をめざす。すでに海外では、米国のビックリバーや中国のバイホウがドローンを使って商品の配達実験に着手している。日本でも米国や中国を追いかける形でドローンの実証実験が始まった。


この記事が東経新聞に掲載されたのは、ベータ碁が話題になる直前だった。

(あれが二〇〇年先には完全に実用化されたんだ)

SQの話を聞きながら悠木は、まるでSF映画を観ているような気分になった。現実感がまるでないし、実感も湧かない。だが、ドローンや電気自動車のタネは二一世紀に撒かれたのだ。

　さらに、ＳＱの話が続いた。

「もっと言いますと、信じてもらえないかもしれませんが、行政機関や選挙もありません。政治家もいなければ裁判所もないんです」

「へえ〜、そうなんだ」

　もう、どうでもよくなってきた。相槌を打つしかない。

「消防署も消防車もない？　火事はいったい誰が消すんだい？」

　小学生のような無邪気な質問をしてみた。

「どの建物も自動消火建築になっています。万が一火事が起これば、ドローンが進化した消火栓飛行隊が空から放水をします。だから、ほとんどの火事はすぐに消えてしまいます」

　いともあっさりＳＱは言った。

「もっと言えば、センサーが働いて、火が出る前に電気が止まります。電気以外の火は使えないので、火事の記録なんて、ここ何十年も聞いたことがありません」

　昨日のニュースで見た、アメリカの大規模な山火事の映像を思い出していた。

「じゃあ……」と言って、話題を替えた。

「泥棒はいないのかい？　警察官がいないと治安が乱れるだろう」

「さすがに泥棒はいます。二三世紀になっても、人間は懲りずに泥棒をしています。無銭飲食に空き巣、置き引き、スリ、かっぱらい、こういった類の輩(やから)は後を絶ちません。さらに言えば、銀行強盗や宝石泥棒もいるし、殺人事件も起こっています。だけど、犯人はすぐに捕まってしまいます。だって、ＡＩロボットが二四時間休むことなく監視しているんですよ。捕まらないと考えるほうがおかしいでしょ！」

「そ、そうだよね……」

納得するしかなかった。

「ここまで監視されているのに人間は罪を犯してしまう。時代が進んでも、人間の愚かさだけは変わらないようです」

「そのようだな。でも、なんか息苦しそうな世の中だな。二三世紀じゃなく、二一世紀に生きていて俺はよかったと思うよ」

二〇〇年先の社会に身を置いた自分を想像してみた。今の時代に対する不満は数えたらきりがない。だからといって、ロボットに支配された二〇〇年後の世界に行きたいとは思えなかった。どうも、未来の人間が幸せそうに思えない。

「それで、人間とＡＩロボットはうまくやっているのか？」

この「うまく」という意味がよく理解できなかったのか、少し間があった。悠木は、ＡＩと人間が補い合いながら共存しているかどうか、そこが聞きたかったのだ。

一方、SQは、この言葉の意味を単純に「仲良く」と理解したようだ。

「ロボットが人間に対して、かなり控えめに対応しています。だから、今のところは人間とロボットの間に大きなトラブルはありません」

「そもそも、どんなに優秀であってもロボットはロボットだろ。人間がいないと、どんな社会にするのか、将来設計ができないじゃないか。国とか会社、地域社会だって動かない……」

畳みかけるように聞いてみた。

「どういう意味で動かないと言っているのかよく分かりませんが、ロボットの知能レベルはあなたが想像しているよりはるかに高いものです。政治や行政の機能もロボットが代行しています。ちなみにですが、世論はあなたの時代よりもはるかに的確に把握されています」

「世論ねえ……」

アメリカの大統領選挙やイギリスの国民投票で、メディアが大きな間違いを犯していたことを悠木は思い出していた。

二〇一六年一一月、アメリカの大統領選挙の際、ほとんどのメディアの世論調査が民主党のクリントン候補の勝利を予測していた。しかし、結果はトランプ氏の大逆転。誰もが予想しなかった共和党の勝利だった。この結果について〈NewsWeek〉は、選挙後、自社のサイトに次のような記事を掲載した。

## トランプの政治運動を過小評価

ニューヨーク・タイムズ紙では、投票が締め切られる直前の時点で、84%の確率でクリントンが勝つと予想。だが、そのわずか数時間後にはトランプが勝利する確率が93%とひっくり返った。

同紙の紙面を批評する立場のメディエーター・コラムニストのジム・ルーテンバーグは、選挙期間を通じてクリントンの勝利が確実だと伝えてきたメディア報道のあり方を批判。現実に起きる可能性があった政治のシナリオを示さなかったのはニュースメディアの「失態」であり、ジャーナリズムの「崩壊」だと手厳しい。

ルーテンバーグは選挙分析が外れたのは実態を反映しない電話調査などの手法にも欠陥があったと指摘したうえで、最大の問題はメディアが「世界中で巻き起こる反エスタブリッシュメントの空気を読めていない」ことだと述べた。「トランプが大統領選への立候補を表明した当初からトランプの高い得票力や彼の政治運動を過小評価した」メディアは、なぜ群衆が彼をそこまで支持するのかを追求せず、生身の人々の状況から目をそらした結果に今、直面しているのだという。（二〇一六年一一月九日（水）二〇時四四分、ニューズウィーク日本版ウェブ編集部）

その一年前、イギリスのメディアも大誤報を行っている。イギリスはＥＵに留まるべきか離脱すべきか、国民投票を実施した。保守党のキャメロン首相が、党内のＥＵ離脱強硬派を抑えるべく実施した国民投票である。

大方の予想は、残留派が離脱派を大幅に上回るとなっていた。メディアが実施した世論調査もこのことを裏付けていた。しかし、結果は離脱派の勝利。キャメロン首相は投票結果が判明したその日に辞任を表明した。

「二一世紀のメディアは国民の意識を汲み取ることができなかったようですが、二三世紀では、そんなことは絶対に起こりません。ＡＩが企画する世論調査はほぼ一〇〇パーセント、人間の希望や本音が把握できます。間違うなんてことがあり得ないのです」

「じゃあ聞くけど、ＡＩロボットにできないことはないのか？」

「仮にできないことがあれば、問題点を洗い出して再学習します。人間のように物事をいい加減にしませんし、徹底的に原因を究明します。だって、ロボットは休みませんし、文句も言いませんから。それに、どんなに長い時間でも働き続けることができます。飽きっぽくて持続力に欠け、いい加減な人間の能力では絶対にかないません」

「それじゃ、人間の居場所はどこにもないじゃないか！」

言い返す悠木の語気が上がった。

「たとえば、あなたの時代に政治家や官僚がやっていた予算編成とか経済運営、あるいは利益配分といったことはＡＩロボットが完璧にこなしています。ときどき間違うこともありますが、すぐに修正して、学習し直しています。その結果に、大多数の人間が満足しているんです」

大多数の人間がロボットのやることに満足している……これも意外なことだった。

「そういえば、ほとんどの人が働いていないと言ったよな。働かないで食えるなんて羨ましい話だが、やることがなくて困っていないのか？」

「働かない……か、いいところに気が付きましたね」

ＳＱの声に、一瞬、陰が差したような感じがした。

二一世紀の日本は、少子高齢化で人手不足が深刻化し、労働力不足を補うために、ほかの国に先駆けてＡＩを組み込んだロボットが社会の至る所で浸透しはじめていた。その結果……。

「二一世紀の後半になると、ＡＩロボットが人間の仕事をどんどん奪うようになりました。あなたも、あと三〇年か四〇年もすれば、そういう現実を目にすることになります」

ロボットに仕事を奪われ、人間は労働者としての立場を捨てて資本家に変身しはじめる。そんな時代があと三〇年か四〇年でやって来る。俺が生きていれば七〇歳前後だ。そんなに先の話じゃない。手が届きそうな、ちょっと先の未来だ。本当にそんなことが起こるのだろうか、悠木には想像すらできなかった。

「あなたはまだ分からないと思いますが、足元でそういう時代がすでにはじまっているのです」

　こともなげにＳＱは言い切った。

「だけど、人間って不思議な生き物ですね。ロボットに仕事をどんどん奪われても、人間は進んでそれを受け入れたんです。受け入れたというよりは、積極的にロボットを活用しました。そして、人間は自分の好きなことしかやらなくなった……」

　話を聞きながら、悠木は無理やり明るい未来を想像してみた。働かないから、当然、賃金はない。ということは、賃金格差もなくなる。いいじゃないか。生活は国が面倒を見るという公平な社会が実現する――だが、すぐに反対の見方が頭をよぎった。

　賃金格差はなくなるが、富裕の格差は拡大するのだ。いったいどういうことだ。どこまでいっても格差はなくならないのか。

　堂々めぐりを繰り返している悠木にＳＱの声が返ってきた。

「単純ですね、悠木さんは。賃金格差より富裕の格差のほうがはるかに大きいのです。その格差は拡大する一方です。さらに、格差よりも深刻な問題が起こっています。このころから人間はひたむきさを失い、努力や精進など、有史以来営々と築き上げてきた人間本来の気質を失いはじめたんです」

ここまで言って、ＳＱの声が急に暗くなった。気のせいか、声も小さくなっている。

「二三世紀になって人間は、はっきり言って、無気力な生物に成り下がってしまいました。私の周りにいるのはそんな人間ばかりです。どうしてこんなことになってしまったのか……その原因を探っていくと、ＡＩに火をつけたベータ碁に行き着いてしまうのです」

「それは単純すぎやしないか。すべてをベータ碁のせいにするのは、あまりにも短絡的だ！」

スマホの向こうで二三世紀の人間が嘆いている。その姿を想像しながら、悠木はショックを受けた。働き者だった人間が、わずか二〇〇年で落ちぶれてしまったというのだ。（ああ、未来なんて行きたくない）と、改めて思った。

「逆に言えば、ＡＩロボットが人間を必要としなくなったということだな。何でも、ＡＩロボットが自分でできるようになったんだな」

悠木にも、二〇〇年後の世界が少し分かってきた。

「そうですね……」

ＳＱがひと呼吸置いた。

悠木は、相手がためらっているように感じた。

「人間が人間らしく振る舞えるのは、ＡＩロボットが理解できない感情や感覚、そして夢について語るときです。しかし、ＡＩロボットのなかにも、欲とか希望とか夢といった、人間的な感情が理解できるものも出はじめています。それに、自意識をもったロボットもつくられるようになってきています。まだ試作段階ですから、本物の人間に比べたらだいぶ見劣りはしますが……」

（人間は万物の霊長だ。そんな簡単に、ＡＩが人間を乗り越えられるわけがない）

頭の中でつぶやいた。

「手を握り合ってお互いの愛情を確認し合うという皮膚感覚も人間にはかないません。だから、人間の感情をロボットに伝えるための人材を随所に置いています。そういう人間のことを、こちらの社会では『ブリッジャー』と呼んでいます。私もその一人ですが、それに選ばれると特別な待遇が得られるのです」

「ふーん、君はＡＩロボットに選ばれたエリートというわけか。エリートは個人データの格納を拒否できるほか、さまざまな特権が与えられるというわけだ」

ようやく、ＳＱという人物の全体像がつかめたような気がした。

「すべてのデータ格納が拒否できるわけではありませんが、そのように理解してもらっても結構です。私は歴史を勉強しています。あなたの時代で言えば歴史学者といったところですかね。『ＡＩに染まった二一世紀――ここから人類の衰退がはじまった』という本も書いています。ベータ碁をきっかけにＡＩに目覚めたのはいいとして、どうしてあなたの時代の人たちは、科学技術の進化によって人間が生気を失っていくという姿が想像できなかったのでしょうか？」

「なるほど、俺に質問してきた理由がようやく分かってきた」

「そうですか、分かってくれてホッとしました。だけど、あなたは、二三世紀に生きている人間がどれだけ虐げられているかについてはまだ分かっていません」

「虐げられている……？」

悠木の意外な思いを無視して、ＳＱは話を続けた。

「ＡＩは、人類が有史以来蓄積してきた知識を二四時間、三六五日、永久運動のように吸収し続けました。そして、シンギュラリティが起こったのです。その日を境にＡＩは、人間を無視して勝手に振る舞うようになりました。それ以後、人間は何をやってもＡＩに太刀打ちできなくなりました。そうなると、従順に従うしかないのです」

ＳＱの声が一段と低く、小さくなった。

『シンギュラリティ・ビジネス――ＡＩ時代に勝ち残る企業と人の条件』（幻冬舎新書、二〇一七年）の著者、齋藤和紀氏がネットで次のような記事を発信していた。

――「シンギュラリティ」、この言葉が日本で広まるきっかけをつくったのは、ソフトバンクＣＥＯ孫正義氏であろう。孫氏は、二〇一六年六月、ＡＩの進化について熱弁を振るい、「シンギュラリティがやってくるなかで、少しやり残したことがあるという欲が出てきた」と社長続投の理由を述べている。それ以来、ごく一部の人たちしか知らなかった「シンギュラリティ」という言葉が一般に注目されるようになった。

シンギュラリティとは、もともと「特異点」を意味する、数学や物理学の世界でよく使われる概念である。たとえば、宇宙物理学の分野では、ブラックホールのなかに理論的な計算では重力の大きさが無限大となる「特異点」があると考えられている。ここで述べるシンギュラリティはこの特異点ではなく、正式には「技術的特異点（テクノロジカル・シンギュラリティ）」と言われているものだ。

この狭義の「シンギュラリティ」という概念が定着したのは、アメリカの発明家であり未来学者、そしてＡＩの世界的権威であるレイ・カーツワイルが二〇〇五年に著した『The Singularity is Near』が発端となっている。日本では、二〇〇七年に『ポスト・ヒューマン誕生』というタイトルで、また二〇一六年にはエッセンス版が『シンギュラリティは近い』というタイトルでＮＨＫ出版より刊行されている。

カーツワイルは天才の中の天才ともいうべき人物で、二〇一二年からはグーグル社でＡＩ開発の技術責任者も務めている。三人のアメリカ大統領からホワイトハウスに招聘されたほどだから、アメリカ社会では絶大な信頼と尊敬を得ていると言える。カーツワイルは著作のなかで、「技術的特異点」と呼ばれる現象が二〇四五年に起きると予言している。これこそが、孫氏が

「見たい」といったシンギュラリティなのだろう。

日本では、カーツワイルの予言したシンギュラリティのことを、「ＡＩが人類の頭脳を追い越すポイント」だと理解している人が多い。コンピュータ技術の専門家でもこのように説明している人がいるのだが、何をもって「ＡＩが人間を抜いた」というのかはよく分からない。たとえば、「アルファ碁」の活躍に見るように、囲碁という分野で見れば、ＡＩはすでに人間を抜いたということになる。

「だけど、ＡＩのおかげで人間は働きもせず、資本家として毎日美味しいものを食べ、趣味や芸術に明け暮れていられる。ＡＩに感謝こそすれ、文句を言う筋合いじゃあないと思うがね」

「人間というのは、仕事をしないと進歩しなくなるものです。好きなことができるという喜びは確かにあります。だけど、目標とか未来を切り開くエネルギーは、あなたの時代のほうがはるかにありました。私の周りにいる人たちの多くは、『苦労』という言葉の意味すら分からなくなっています。これはこれで辛いものです。分かりますか？　こんな時代のなかで私たちは生きているんです」

悠木は困惑した。人類の未来は暗い……にわかには信じることができなかった。

「私の同僚は、ベータ碁がプロ棋士を破った時代に生きていた人間は、自分の未来に対して無関心で、かつ愚鈍で愚劣で愚昧だったと言って怒っています。そして、二三世紀の人間がロボットに虐げられているのは二一世紀の人間のせいだ、と」

　もどかしさを感じながらも、相手の言っていることを理解しようと悠木は努めた。「未来の脅威についても考えておく必要がある」と、九か月前に書いた警鐘が見事に的を射ているのだ。

「申し訳ないですが、あなたの警鐘は的を射たのではなく、何の役割も果たさなかったということですね。あなたにも、未来の脅威に対する明確な自覚というものがなかったように思えますが……」

　この言葉で、悠木のニューラルネットワーク通信がざわめきはじめた。

「君に説教されたくはないね。いきなり電話してきて説教までする。無礼じゃないか！　相手に対する思いやりもなければ、自分のやったことに対する反省もない。失礼極まりない。もう話したくない！」

　沸き起こってくる苛立ちを抑えることができなくなってきた。

「そんなに怒らないでください。私が言いたいのは、どうやったらその脅威を取り除くことができるか、ということです」

「みんな真剣に脅威を感じているよ。君が思っているほど、二一世紀の初頭に生きている人間は愚鈍でも愚劣でも愚昧でもない。俺の知るかぎり、みんな脅威に対して真剣に立ち向かっている。

それでも、結果として脅威を取り除くことができないこともあるだろう！　それは、われわれの責任なのか！」

自ら発した「責任」という言葉が、さらに激しく脳細胞を刺激した。

「だいたい君の言っていることは、裏を返せば二一世紀に生きているわれわれが、産業革命の起こった一九世紀に生きた人間の責任を追及しているようなものだ。未来の人間が過去の人間の責任を問いただしたところで、何の意味があるのだ！」

怒りが収まらない。

「人類が生存していればの話だが、二五世紀の人間が君のいる二三世紀の人間に『責任を取れ！』と要求してきたら、君はどうするんだ。責任なんて取れないだろう。君の言っていることは、所詮評論家の戯言（ざれごと）のようなものだ。人間は有史以来、勤勉に、真面目に、真摯（しんし）に世の中をよくしようと頑張ってきた。悠久の歴史は、人類がコツコツと絶え間なく続けた努力の結晶なんだよ」

悠木の頭の中で、微弱電流がものすごい勢いで流れはじめた。脳細胞が過活動しはじめたのだ。しかし、意識してしゃべっているわけではない。無意識のうちに口が勝手に動いているのだ。

「ベータ碁だって、開発会社が一夜にしてプロ棋士を打ち破るソフトを開発したわけじゃない。多くの研究者の失敗が山のように積み重なり、改良に改良を加えて、人間の頭脳に勝つことを目標としてつくられたものだ。その結果として、二〇一六年三月という時点で、韓国のリ・セヨン九段を破るという歴史的な快挙を成し遂げたんだ。これは、みんなの努力の結晶なんだ」

悠木の言い分に、すかさずSQが反論してきた。

「あなたたちは気付かなかったが、その努力のなかに、二三世紀の人間を抑圧する要素が混じっていたのです。ベータ碁の成功をきっかけにはじまったAIブームのなかで、AIの技術は指数関数的に向上したのです。あなたたちの言葉で言えば、『想像を超えるスピードで進化した』ということでしょう。しかし、その進化を追い求めるなかで人間は、いつの間にかAIの脅威というものを忘れてしまったのです。私は、そこが問題だと言っているのです」

「それは、未来の人間の言いがかりってやつだ。われわれがやっていることは、人類の未来を豊かにするための努力だ。みんな必死でやっている。ひたむきに努力している。悪意なんてこれっぽちもない！」

「悪意があるとは言っていません」

SQの口調が少し落ち着いてきた。

「あなたは、『AIに対する期待感だけでなく、それがもたらす未来の脅威についても考えておく必要がある』と東京毎朝新聞にはっきりと書いています。未来の人間の目から見ても、本質をついた素晴らしい問題提起です。しかし、脅威を取り除く努力はしなかった。そこが問題だと言っています」

「うるせー！」

やり場のない怒りが爆発した――俺に責任があるのか。俺が二〇〇年先の人類を危機に追い込んだのか。俺に、そんな責任がとれるわけがない。問題の本質を書いたのが悪いのか。書かないほうがよかったということか。「できないことは書くな」といったら、ジャーナリズムや批評などは成り立たない。科学者や文学者、政治家、官僚……責任が取れるやつなんてこの世の中に一人もいない――怒りが張り裂けるようにこだましました。

「われわれは、未来をちょっとでもよくしようと思って日々努力をしている。二〇〇年先に住む君たちのために努力しているんだ。結果が逆になったからって、われわれが文句を言われる筋合いはない。仮に、日々の営みのなかに脅威の根源があったとしても、それはわれわれの責任ではない。言ってみれば、過去から現在、未来へとつながる時間軸のなかで起こる問題だ。時間軸の問題を過去の人間の責任にすべきではないだろう。二三世紀の人間が、自分たちの力で問題を解決する以外に方法はない。もう、君と話すことはない」

「私は、二五世紀の人間に向けて責任を果たしていきたいと思っています。あなたも、二三世紀のわれわれに向けた責任をもう少し考えてください。どうやら、お邪魔をしたようですね。あなたとの会話はデジタル図書館に保管しておきますが、あなたの記憶はすべて消去されますから心配しないでください。新年企画の原稿、頑張ってください。それじゃ、これで失礼します」

予想もしなかった未来からの電話が静かに切れた。

この光景を見た人がいれば、まだ真っ暗闇に近い一二月早朝の寒空の下で、悠木が一人でブツブツと何かを喋っていたように見えたことだろう。それはまるで、変人か、夢にうなされた人物のように見えたはずだ。だが悠木は何事もなかったかのように布団に入り、再び眠りに就いた。

カーテンの隙間から漏れる眩しい光で目覚めたとき、時計はすでに一一時を少し回っていた。なんとなく頭が重い。一階に下りると、どうした訳かスクラップ帳が机の上に広げてあった。子どもは学校、妻は仕事。悠木は自分で熱いコーヒーを淹れ、途中まで書いていた新年企画の原稿に目をやった。そして、ベータ碁の将来を予測した原稿の最後に次のように書き加えた。

「技術は期待と脅威が交互に交じり合いながら進化する。期待は放っておいても前進する。問題は脅威だ。脅威を取り除くために、われわれは忍耐強く努力を続けていく必要がある」

窓越しに差し込む太陽が眩しかった。

## 2　新聞記者

東京都千代田区大手町一丁目、日本を代表する企業が軒を連ねるビジネス街であると同時に、「全国紙」と呼ばれる大手新聞社三社が本社を構える街でもある。「財界の居城」ともいうべき経団連ビルを取り囲むように、発行部数が世界最大の国民新聞社、経済を専門とする内外経済新聞社、保守的論調を鮮明にするミズホ新聞社の本社ビルが寄り添うように建っている。住所はいずれも大手町一丁目だ。皇居に隣接した、日本のど真ん中である。

日本が敗戦から立ち上がり、高度成長を経て先進国の仲間入りをする過程で、企業も新聞社も相互に連携し、補いながら日本を引っ張ってきた。それを象徴するかのように、大手町に軒を連ねる新聞社の本社ビルは、経団連ビルの高層化に合わせるように、いずれもハイテク化された超高層ビルに生まれ変わった。

司法（裁判所）、行政（政府）、立法（国会）に次ぐ「第四の権力」と呼ばれ、三つの権力の監視役を自認する新聞社だが、ＩＴを駆使した本社ビルの見上げるような構えは、権力と手を取り合いながら発展してきた新聞社の歴史を物語っているようでもある。

これに対して東京毎朝新聞社の本社ビルは、大手新聞社が軒を連ねる大手町からちょっとはずれた神田にある。千代田区西神田三丁目の雑多なビル群の一角に、三階建ての古びたビルが建っている。レンガ造りの外壁が神田の街並みに溶け込み、奥行きが結構あり、こじんまりした外観はいかにも新聞社の本社といった趣を醸し出していた。

確かに外観は古いのだが、内部は何度となく手が加えられている。外からの見た目とは反対に、内部には先端技術が取り入れられ、同業他社をしのぐほどハイテク化された新聞編集システムが稼働していた。

発行部数は一〇〇万部ほどで、他社の後塵を拝している。だが、先端技術や科学、医療、農業、行政、生活などといった専門分野の情報は他社を圧倒し、経済面においてもマクロからミクロまで多くの専門記者を抱えている。講読料は月額七〇〇〇円と大手他社と比較すると高額だったが、二〇年ほど前に導入したタブロイド判の全ページ横書きというユニークな紙面が読者に高く評価されている。

SNSなど情報発信機能の革新が続くなかで、新聞業界はどこの社も発行部数を減らしていた。そんななか、東京毎朝新聞だけはわずかながら毎年少しずつ部数を伸ばしていた。

海外の主だった都市には支局を設置し、支局の数や記者の人数も他社にひけを取らない充実した陣容となっている。若者の就職先ランキングでも、毎年トップ10に名を連ねている。何かにつけて横並び意識の強い日本のマスコミ業界のなかにあって、淡々と、我が道を行くという独自路線を貫いていた。

悠木翔（ゆうきかける）、三七歳。二〇〇二年四月の入社組だから、今年で入社一五年目を迎えた。社会部デスクで一年間雑用係を経験したあと、二年目に東京・上野署の記者クラブの配属になり、記者としてのキャリアをスタートさせた。

記者活動がはじまったといっても、当時はまだ駆け出しの見習いのようなものであった。地方勤務を終えて本社に復帰した先輩からは、「君らはまだ汽車（記者）じゃない、トロッコだ」とからかわれていた。

それでも、現場で二年も経験を積めば、トロッコも記者もどきに変身を遂げる。上野署の管内で発生する交通事故や火事、ケンカに置き引き、傷害事件や殺人事件まで、寝ても覚めても事件や事故を追いかけていた。

もちろん、そのすべてを記事にするわけではない。上野署の広報が、管内で発生した事件や事故の簡単な概要を記者クラブに通知する。そのなかから、記事になりそうな事件や事故を探し出して取材するわけである。

昔からマスコミ業界では、「犬が人間を噛んでもニュースにならないが、人間が犬を噛めばニュースだ」と語り継がれてきた。日常生活のなかで普通に起こること、高いところから低いところに水が流れるような当たり前のことはニュースではない。ニュースには、ある種の異常性、突発性、意外性が必要なのだ。

犬が人間を噛むのは普通のこと。人間が犬を噛めば意外性がある。事件を知った記者は、「どうして人間が犬を噛んだのか」「どこで噛んだのか」「いつ噛んだのか」「どうやって噛んだのか」、つまり意外性にまつわる事実関係を調べ上げることになる。そう、その行為が「取材」なのである。

取材の契機となる材料、業界用語で言うネタは、大半が広報経由でもたらされている。もちろん、記者が自分で発掘したり、内部通報といって事件の当事者からタレ込まれたり、たまたま通りかかったところで火事に遭遇するなど、偶然にネタを拾うこともある。ニュースの価値は、広報の発表より独自に探り当てたネタのほうが高いことは言うまでもない。

すべての記者は、価値の高い独自ネタを求めて、毎日、身を粉にして働いている。その努力が結実して、新聞の一面にデカデカと記事が掲載されるのだ。これがスクープだ。

上野署で取材のトレーニングを開始した悠木だが、もちろん簡単に一人前の記者にはなれなかった。トロッコのときに与えられた課題に、いかに手際よく答えを出すか、その出来不出来によって次のステップが決まることになる。

生来の粘り強さを発揮して、悠木はこの過程を無事にクリアした。そして、二〇〇五年四月、沖縄県那覇支局に異動した。

どの新聞社にとっても、那覇支局は最重要支局となっている。抜擢されて那覇支局に赴任した悠木、言うなれば、ここで本格的な記者生活がはじまったことになる。

沖縄県那覇市。沖縄県の最大都市であり、県庁所在地である。人口は約三二万人。ここには、県庁をはじめとして市役所、県警本部があり、そこに記者クラブが設置されている。

記者クラブは、日本新聞協会に加盟している報道機関の記者によって構成された任意団体である。日本放送協会（ＮＨＫ）やキー局と呼ばれる在京のテレビ各社、そして地方に本社があるテレビ局が加盟している。

新聞協会加盟社は、国民の知る権利を付託されているという建前から、記者クラブの利用料は基本的に無料となっている。記者クラブに隣接して広報室（部）があり、ここを通して取材に関するさまざまな便宜供与（べんぎきょうよ）が行われている。日本中の主要な官公庁には必ずこうした記者クラブが設置されており、そこが新聞社などメディアの活動拠点となっている。

新聞社をはじめ放送局や通信社といったメディアの最大の仕事は、権力者ならびに権力機関の監視である。だが、そのメディアは、国民の知らないところで権力の執行機関から便宜供与（べんぎきょうよ）という名の利益供与を受けている。

しかし、当時の悠木は、そんなことは知る由もなかった。那覇支局に赴任してすぐ、新人記者の登竜門ともいうべき県警の記者クラブに配属された。

東京毎朝新聞那覇支局は、支局長兼編集部長兼事業部長の石川栄治、その下に、編集担当で地元採用の渡辺晃司主任、二年先輩の柴田信男記者、これに悠木を加えて編集は四人体制となっていた。これとは別に、営業部長の杉浦健二、その下に若手営業マンが二人、ほかに事業部員が二人、庶務担当の女性が一人、総勢一〇人という体勢である。

那覇支局に赴任したその日、挨拶もそこそこに渡辺主任から「これ記事にして」と資料を渡された。中身は、宜野湾市にある市立小学校の体育館が落成したという発表ネタであった。補足取材をして、小さな記事にまとめて翌日の県版に掲載された。

地方記者としてのスタートは、味も素っ気もなく、こうして静かにはじまった。

そんな悠木、他社の記者や取材先にもまれながらみるみる成長を遂げた。大スクープこそなかったが、一人前の記者として、支局長や本社からも一目置かれるような存在になっていった。そして、支局に赴任して三年目の春、大事件に遭遇した。

二〇〇八年三月五日の早朝、那覇市内のマンションで女子大生の絞殺死体が発見された。この事件を最初に報道したのは、地元紙の「那覇自由新報」である。その日の夕刊、一面の左下に短く事実関係だけが掲載された。それによると、「首には絞められた跡があり、発見されたときは全裸だった。警察の発表によると、マンションの鍵はかかっており、部屋には物色された様子はなかった。警察は顔見知りの犯行とみて捜査している」とある。

当初、この事件は怨恨(えんこん)か、強盗殺人と見られていた。部屋が荒らされていなかったうえに鍵がかかっていたことから、怨恨説が有力になりつつあった。事件発生から三日目、那覇自由新報が朝刊で「捜査線上に米軍兵士浮上　二人でいるところを見たとの目撃情報」というスクープを掲載した。

**捜査線上に米軍兵士浮上、女子大生絞殺事件**

**＝公園に2人でいたとの目撃情報、携帯に通信履歴＝**

那覇市内のマンションで発見された女子大生絞殺事件に関連して、捜査当局は米軍兵士がこの事件に絡んでいる可能性あるとの見方を強めている。絞殺された女子大生がマンション近くの公園でこの米兵と話し合っている姿が、たまたま通りかかったサラリーマンによって目撃されていた。

捜査当局は、すでにこのサラリーマンから事情を聴いたもようだ。関係筋によると、2人は公園のベンチに座って言い争いをしているようだったという。また、被害者の携帯から米兵と見られる人物のメールも見つかっており、捜査当局はこの米兵が何らかの事情を知っている可能性があるとの見方を強めている。

朝の五時過ぎ、悠木は石川支局長の電話で叩き起こされた。

「自由新報見たか？」

支局長の声は明らかに怒気を帯びている。

「いや、まだ見ていません」

「グズグズするな、すぐに確認しろ！」

怒鳴るように支局長が命令した。

なんとか新しい情報を入手しようと、このところ悠木は、毎夜、捜査関係者の自宅を取材していた。俗にいう「夜回り」である。取材を終えて支局に戻るのが夜の一二時過ぎ。それから本社の社会部デスクと情報交換し、風呂に入って寝るのは深夜二時過ぎである。この日もまだ三時間しか寝ていない。

（朝刊を見る時間なんてどこにもない）

支局長に怒りをぶつけたい心境だったが、そんなことはできるわけがない。

言葉にこそしなかったが、支局長は「また抜かれた」と暗に言っているのである。「また」は余計だと思いつつ、抜かれたのは事実だから仕方がない。抜かれたら抜き返すしかない。ただ、このネタには何となくきな臭い匂いが付きまとっているような気がした。

リークしたのはおそらく現場の刑事だろう。だが、その裏には、県警本部は言うに及ばず、警察庁や官邸の意向が働いているはずだ。根拠はないが、何となく臭うのである。東京毎朝新聞に入って六年目、悠木もそれくらいの鼻は効くようになっていた。

すでに、県警は犯人の目星をつけているのかもしれない。推測は悪いほうに悪いほうに傾いていく。仮に犯人が特定できたとしても、米軍の基地内にいるかぎり日本の警察は逮捕することができない。それでも米兵が真犯人だとなれば、ことは殺人事件にとどまらない。日米同盟を揺るがす大事件にまで発展する。

一九九五年に起こった、米兵三人による集団少女暴行事件の二の舞である。県警としては、真犯人特定の衝撃を最小限に抑えたい。そのためには時間をかけるしかない。そういう意識が働いている可能性は十分にある。

いや、すでに米兵が真犯人という確証を県警はつかんでいるのかもしれない。それが公になったときの衝撃を緩和しようと、世論操作がはじまっていると考えたほうがよさそうだ。

目撃情報をリークすることによって、県警は米兵関与の可能性を示唆する。新聞を見た国民は、

「えっ、また!?」と米兵犯人説に怒りをおぼえるものの、この時点ではまだ真犯人と確定したわけではない。あくまでも、事件に関与した可能性が高まっているだけである。それゆえ、米軍批判が一気に盛り上がることはない。

こんなやり取りをメディアとの間で何度か繰り返すうちに、米兵犯人説は既定事実化し、捜査当局が最終的に真犯人と断定したとき、その衝撃は比較的穏やかなものとなる。時間をかけながら読者を真実に誘導する。これが、世論操作を目的とした情報操作である。

米軍批判を止めることはできない。そんなことをすれば政府に対する批判が余計に盛り上がってしまう。それよりは、少しずつ情報を提供しながら、日米両政府が事件の解明と再発防止に努力している姿を、沖縄県民にとどまらず日本中の国民に見せたほうが事件に対する批判は小さくなる。いや、批判を最小化することを目指して、政府や警察は情報操作を行っているのだ。

屋銘（やな）幸秀（ゆきひで）沖縄県知事は、日米両政府を強烈に批判した。知事の批判が激しければ激しいほど、県民の間に鬱積した不満は、その激しさに吸収されて消えていく。衝撃的な事件をめぐる世論操作や情報操作は、多くの国民が気付かないうちに何気なく行われているのである。

悠木も、ニュースをめぐる情報操作のカラクリを思い知らされたことがある。「これは面白い」と思って取材をはじめるのだが、記事にしたあと「取材をさせられていた」と気付くのだ。

那覇支局に赴任して一年が過ぎたころ、沖縄の高校生とアメリカの高校生が相互に訪問しあう「高校生親睦事業」について記事を書いたことがある。沖縄県はこの事業の一環として「親睦の船」というものを計画していた。

この計画を政策企画調整推進課の係長から聞き込んだ悠木は、事業の全容や意義を詳しく取材した。スクープというほどではないが、他社にない独自の記事だった。

その記事は、数日後に県版に掲載された。日米の高校生が船で一週間生活をともにしながら、さまざまな所を訪問して親睦を深めるというものである。

未来志向のいい記事だった、と自分では思っていた。ある日、県庁内を歩いているとき、情報提供者の係長にばったり出くわしてお礼を言われた。

「悠木さん、ありがとうございました。おかげさまで、この件に反対していた民事党さんが賛成に回ってくれました。九月の定例議会で予算が通ることになりました」

悠木は、記事を書いたというよりも書かされたのである。すべての記事にカラクリがあるわけではないが、記事の重要度が高まれば高まるほど、裏につきまとっているカラクリも激しく動くことになる。

新聞記者は、こうしたカラクリまで理解したうえで記事を書かないと一人前とは言えない。ここを理解していないと、新聞社に付託されている国民の知る権利が、特定団体の利益のために利用されてしまうのである。

那覇自由新報のスクープを見て悠木は「ショック」を受けた。抜かれたこともさることながら、ニュースソースと見られる捜査関係者がリーク先として東京毎朝新聞を選ばなかったことに、言いようのない虚しさを感じたのである。

新聞記者は実力の世界と思われがちだが、情報をリークする側から見れば、提供先の選択は記者の能力というよりは新聞社の影響力にかかっている。

普通の新聞記者は、自分の力でスクープをものにしたと思っている。だが、現実的には情報をリークする側が、リーク先をどこにするか、メディアを選択しているケースが圧倒的に多いのだ。

悠木だって、そんなことは百も承知している。しかし、抜かれたら抜き返す。会社のせいにしていては何もできなくなる。ダメもと、自分でやれることをやるしかない。

支局の渡辺主任や先輩記者の柴田と相談しながら、市内の繁華街や飲食店をしらみつぶしに取材して回った。もちろん、県警の捜査担当者との情報交換にも抜かりはなかった。取材で得た情報を捜査関係者にぶつけながら相手の反応を探る。言うまでもなく、同業他社との腹の探り合いも欠かせない。

そんなある日、県警の現場担当刑事が悠木の耳元で囁いた。

「悠木さん、被害者が付き合っていたグループのなかには日本人もいたんです」

悠木は「えっ！」と小さな声を上げた。

「米兵だけじゃなかったの？」と、小声で聞き返した。

「いや、米軍基地で働いている日本人もこのなかにいるんです」

県警内でも信頼の厚い、たたき上げの刑事の言葉である。捜査の内情にも通じている。

悠木は、「やった！」と思った。ドブ板を踏むような地道な聞き込み取材を続けた努力が県警に通じたのかもしれない。情報のリーク先として、東京毎朝新聞が選ばれたのである。

犯人は米兵ではない。日本人だ――米軍基地で働いている日本人。これだけの情報があれば一面を取れる。早速、悠木は支局に帰って支局長に相談した。情報源の確かさ、米兵一辺倒だったマスコミ報道の裏をかく衝撃性、これが事実なら、日米同盟にも傷は付かないだろう。

すでに書く気になっていた。支局長も納得し、本社の社会部デスクと連絡を取り合った。社会部も、警察庁の上層部にこの情報をぶつけることになった。その結果次第で記事にする。

「とにかく、一面を意識して記事をつくれ！」

社会部もこのスクープを後押しした。

警察庁の幹部も、こうした情報があることは承知していた。犯人と断定したわけではないが、これによって日本人が犯人である可能性が急浮上したのだ。

原稿を書きながら悠木は震えが止まらなかった。緊張感もあったが、一面を飾るスクープだという意識が身体全体を高揚させていた。興奮を抑えながら原稿を書いた。記事を書き終わったあと、支局長がチェックして見出しを付けた。

**捜査線上に日本人が浮かぶ　女子大生絞殺事件**

**＝米軍基地に勤務、米兵ら遊び仲間のリーダー格＝**

女子大生が那覇市内のマンションで絞殺された事件で、捜査線上に浮かび上がってきた米兵グループのなかに日本人が含まれていることが分かった。事情通によると、女子大生が付き合っていたのは米兵グループ5人。これまで5人はすべて米兵と見られていたが、このなかに日本人が1人含まれていた。女子大生は、この5人と繁華街で一緒にいるところを目撃されている。

捜査当局は、5人のうちの1人がマンションの合鍵を持っていたのではないかと見ているが、誰が持っていたかは特定できていない。現場の状況から考えて、犯行の際、マンションの合鍵が使われたことは間違いなく、リーダー格だった日本人が犯人の可能性も出てきた。

一面トップを飾る見事なスクープとなった。社会部が警察庁の反応などを補足して、見栄えも立派に仕上がっていた。

翌朝、県警の記者クラブはこの記事の話でもちきりとなった。喜びを噛み殺しながら、悠木は平常心を保とうと必死だった。このまま日本人が真犯人として逮捕されれば、悠木はスクープ記者の仲間入りを果たすことができただろう。

それから四日目のことだった。那覇自由新報の一面トップに、「沖縄県警、今日にも米兵の逮捕状請求か　米政府に身柄引き渡し要求へ」という見出しの記事が掲載された。東経新聞にも同じ内容の記事が載っていた。こちらも一面トップである。

両紙とも、犯人は米兵と断定している。地元紙と中央紙の完全なスクープであった。東京毎朝新聞やその他のメディアは完全に蚊帳の外だった。

悠木の天下は三日で終わった。四日目の朝には、再び他社のスクープを後追いすることとなった。悠木が書いた記事は、日本人を犯人と断定したわけではない。誤報ではなかったが、結果的には完全なミスリードであった。

あとで分かったことだが、アメリカ政府は、日本のマスコミが一方的に米兵犯人説を報道していることに大きな不満をもっていた。そんな空気を和らげるために、東京毎朝新聞ならびに悠木記者は「影の力」によって利用されたのである。

新聞社などが独自に調べる調査報道でもないかぎり、大半のスクープは関係者のリークが発端となっている。リークの大半は特ダネになるが、なかには今回のようにリスクがつきまとうものもある。

新聞社と情報源は、お互いに利用したり利用されたりする関係にある。もちつもたれつの、近くて遠い存在なわけだが、そこには常にリスクが付きまとっている。このリスクを見極められないと、新聞記者は簡単に利用されてしまう。

裏のカラクリも、悠木は当然認識していた。それでも、自分が当事者になると、そのカラクリの存在を忘れてしまうのだ。どんなときでも、新聞記者は自分の置かれた状況を遠くから客観的に眺めなければならない。囲碁でいうところの「岡目八目」だ。

この事件の直後、四月の定期異動で悠木は、那覇支局から富山支局への転勤を命じられた。那覇支局での勤務は三年という短いものとなった。

異動先の富山に向かう飛行機の中で悠木は、なぜ新聞記者になったのか、自分の原点を振り返っていた。記者になりたいと思ったのは中学三年生のときだった。

一九九五年一月一七日、午前五時四六分、兵庫県南部一帯を震度7の激震が襲った。兵庫県の尼崎市に住んでいた悠木は、このとき中学三年生だった。小学校の四年になる弟の徹と一緒に二段ベッドの下で寝ていた。

突き上げるような激しい衝撃で目を覚ました。その後、朦朧とした意識のなかで横揺れが来た。その揺れは、永遠に続くのではないかと思えるぐらい長く続いた。

遊園地のティーカップのように、子ども部屋の中でベッドが激しく揺れ動いた。徹は上の段で、ベッドにしがみつきながら「怖いよ、怖いよ」と泣き叫んでいた。あのときの恐ろしさを、悠木は今でも鮮明に覚えている。

リビングもキッチンもメチャクチャだった。停電していてテレビはつかないし、ガスも電気も止まっていた。母親がどこかに電話しようと受話器を取ったが、どこにもつながらなかった。マンションのベランダから外を見ると、遠くのほうで煙が上がっていた。

父親は出張で留守だった。母親と三人でとにかく外に出ようと玄関に行ったが、ドアが開かなかった。三人でこじ開けようとしたがビクともしない。その間にも余震が頻繁に襲ってきた。

母親も動転していた。「どうしよう」とか「ここから出なきゃ」と、悠木に向かって叫んでいる。悠木だって、どうしたらいいか分からない。

「ここにいたら危ない。とにかく外に出なきゃ……」と母親が言った。

空は少しずつ白みはじめていたが、玄関の周辺はまだ暗い。暗闇のなか、状況がはっきりと見えないことが余計に恐怖心をあおった。

どこからか、母親が懐中電灯を探してきた。その明かりでドアの四隅を照らしてみる。枠が歪んだのだろう。右下にわずかな隙間がある。悠木が道具箱からバールを持ってくる。それでドアをこじ開けることにした。

そのとき、また大きな揺れが襲った。ドアが少しずつ開きはじめた。

一瞬、「マンションが倒壊するのでは……」と悠木は思った。徹が泣き叫ぶ。

懐中電灯を照らして、母親は必死にドアをこじ開けようとしている。徹も含めて、三人は死に物狂いだった。

ようやくドアをこじ開けて外に出たとき、東の空はほんのりと明るくなりはじめていた。いつもの夜明けだ。外には、すでにマンションの住人が何人も集まっていた。マンションの管理人が、「とにかく公園に避難してください」とみんなに呼びかけていた。

巨大地震に襲われたことは分かっていた。無我夢中でマンションのドアをこじ開け、外に出たことも記憶のなかに鮮明に残っている。ただ、目が覚めて外に出るまでにどのくらいの時間がかかったのか、被災地がどのあたりまで広がっているのか、まったく分からなかった。

それだけに、恐怖感だけが膨らんでいた。風船は、大きくなればなるほど、そばにいるだけで人は恐怖を感じるものだ。風船がいつ破裂するか分からない。分からないことが恐怖感を煽ることになる。

それと同じだ。大きな地震に襲われて、みんなが恐怖感を抱いている。震源地はどこで、地震の規模はどのくらいか、情報がまったくない。そんな状況が、恐怖感を必要以上に大きくしてしまう。

マンションのドアをこじ開けようとしていたとき、風船が膨らんでいくときのような恐怖感を悠木は感じていた。もちろん、そのときの恐怖感は、風船が破裂するときの比ではない。自分も、マンションも、地球も吹き飛んでしまうような恐怖感だ。

公園にはすでにかなりの人数がいた。

そのなかに、携帯ラジオを持っている人がいた。

「今朝五時四六分、明石海峡を震源とする巨大地震が発生しました。マグニチュードは7.2。震度7の激震が兵庫県南部や瀬戸内海一帯を襲いました。一部の地域では火災が発生しています。高速道路が一部で倒壊、神戸市内ではビルが倒れているとの情報もあります。政府は緊急対策本部を設置し、自衛隊に緊急出動を命じました。林田官房長官は、被災された地域のみなさんは冷静に行動してくださいと呼びかけています。繰り返します。今朝五時四六分、明石海峡を震源とする巨大地震が発生しました……」

ラジオの放送を聞きながら、「とてつもない地震が発生した」と確認した。同時に、それまで感じていた恐怖感が少しずつ消えていくような気がした。

震源は明石海峡で、震度7の激震が兵庫県南部を襲った。いずれ、自衛隊がみんなを助けに来てくれる。今まで分からなかった大混乱の全体像がこれではっきりと見えた。ラジオから流れてきた情報が、自分の置かれた状況を教えてくれた。このときに初めて、周りにいる人たちと心が通じ合えたような気がした。それまでは、家族のことしか頭になかった。ラジオに聞き耳を立てていた人たちもおそらく同じだろう。震度7の巨大地震、たったこれだけの情報で悠木は正気を取り戻したのだ。

これが「自分の原点だ」、悠木は遠い昔の出来事を思い出していた。「将来は情報を伝えるような仕事に就きたい」、中学三年生のときに思ったことだ。

飛行機の窓の外には、能登半島に囲まれた富山湾が穏やかに広がっていた。

二〇一六年が慌ただしく過ぎて、二〇一七年に年が改まった。

(富山支局に飛ばされてからもう九年も経つのか……)

悠木は珍しく感傷に浸っていた。富山支局から本社に復帰したのが二〇一〇年四月、二〇一二年一〇月には社会部から科学部へ異動した。事件や事故を追いかける生活から、科学や技術を対象とした、緻密で論理的な世界に取材対象が変わったのだ。

アバウトで非論理的な悠木には向かないと言われていたが、考える前に動き出すという前向きな性格が妙にこの分野に適合した。日進月歩で進化する科学や技術、その世界を夢中で追いかけていた。

二〇一六年三月、ベータ碁が韓国のリ・セヨン九段に勝ってからというもの、科学部の仕事は一気に増えた。土曜日の紙面には新しく「ＡＩコーナー」も新設され、当初の予想とは違って、忙しい日々が続いた。

そして二〇一七年、新年のイベントがひと段落したと思ったら、すでに三月も半ば、時間が流れるのは本当に早い。取材に追われ、記事を書き、デスクとケンカに近い論争を繰り返していたら、もう三月だ。

ここに来て、寒さもほとんど感じなくなった。街を行く人たちの装いも軽くなっている。ダウンジャケットを着ている人はほとんど見かけない。桜の蕾も一気に膨らみはじめている。気のせいか、遠くに霞む桜並木がほんのりとピンク色に染まっているように見える。

友人や知人に「重役出勤」とからかわれるように、午前一一時をちょっと過ぎたころ、悠木は科学技術庁にある記者クラブに出勤した。

後輩の吉田哲が「おはようございます」と挨拶してきた。悠木も「おはよう」といつものとおり返す。

「人事部の青木さんから電話ありましたよ」

新聞を切り抜きながら吉田が報告した。

「人事部の青木さん、なんだろう？　異動かな」

思い当たることがない悠木は、冗談めかして吉田に問いかけてみた。

「まさか、春の異動はすでに発令済みです。それに、異動なら、人事部ではなく藤平部長から直接電話が来るはずですよ」

口うるさい五つ年下の吉田は、社内情報にめっぽう詳しい。

「そりゃそうだ。じゃ、この前の飲み屋での乱行が耳に入ったのかな？」

悠木は少し不安になった。

「いや、あの件なら総務部から電話が来るはずです。人事部だから、そっちも大丈夫ですよ」

吉田に言われると少し安心するから不思議だ。挙げ句の果て、「電話をすれば分かるじゃないですか、先輩」と言われてしまった。

吉田に促されてスマホを取り出した。

「青木さんですか、科学部の悠木です。電話をもらったようですが……」

「ええ、実はお願いがあるの。今、ちょっといいかしら」

「いいですよ、何でしょうか？」

「今年入社する新人のことだけど、入社式が終わった翌日から社内研修がはじまります。研修は二日の一〇時にスタートします。最初は全体研修で、人事担当の矢野常務が挨拶します。そのあと、各部の中堅クラスの人に、部の紹介を兼ねて記者としての心得を話してもらうことになっています。最近はＡＩとかビッグデータが新聞紙面を賑わしているので、今年はトップバッターとして科学部にお願いすることにしました。藤平部長に相談したら、悠木さんを推薦されました。いずれ部長から正式なお話があると思いますが、私からも電話をさせてもらいました」

青木こず恵は、人事部で新人の採用担当を長年行っている。もちろん、悠木も新人時代に世話になっている。面倒見がよく、出張や転勤、社内の事務手続きなどといった面倒くさいことを手取り足取り教えてくれた。記者職にかぎらず、社員の多くが青木に面倒を見てもらっている。

「部長の要請だったら断りますが、青木さんにお願いされたらしょうがないですね」と冗談めかして言い、その申し出を引き受けた。

「トップバッターというのは凄いですね、悠木さん。風、吹いてきたんじゃないですか」

そばで聞いていた吉田が茶々を入れてきた。何が風なのか、さっぱり分からなかったが、トップバッターには四〇分という講演時間が与えられている。あとの部署は二〇分しかない。それを知って、ちょっと得意げな表情になった。

四月二日、青木に言われたとおり、研修がはじまる三〇分前に西神田にある本社の会議室に着いた。矢野常務に挨拶して、政治部や社会部、経済部から派遣された記者と雑談しながら研修のはじまるのを待つことにした。そこに、青木が近づいてきた。

「悠木さん、よろしくね。いつものことですけど、研修の最初はみんな緊張していて硬いの。雰囲気が和らぐように、気軽に話してください。それから……常務の癖、知ってます？　気に入らないことがあると、天井というか視線を上にあげるの。常務が天井を見る機会が多くなると、研修会の雰囲気は和らぐと思いますよ」

青木は、社内で「人事部のドン」と呼ばれている。社内の人脈を知り尽くし、社内政治の機微に通じている。社長をはじめ役員のほとんどが、何らかの形で青木の世話になっている。次期社長の有力候補である矢野常務も、そんな青木を上手に使っている。というか、使っていると思っている。

その常務のつまらない話が終わって、いよいよ悠木の登壇となった。人前で話すことは嫌いではない。最先端の科学技術をテーマに講演をしたこともある。ただ、社の将来を背負って立つ新人の前で話すのは初めて、多少緊張していた。青木に紹介されて演台の前に立った。

「おはようございます。科学部でＡＩを担当している悠木翔です」

演台に立って会場を見渡してみる。五〇人に迫る新入社員の視線が一斉に自分に注がれた。確かに、どの顔も緊張している。背筋をピンと伸ばし、目元にすべての神経を集中してこちらを見ている。その目には、ひと言も聞き逃さないぞ、といった決意がみなぎっている。

一番うしろで、矢野常務がこちらを睨んでいる。青木や各部署から派遣された記者たちが、脇に座ってこちらを見ている。さすがに少し緊張感が増してきた。

「みなさん、ちょっと緊張していませんか？　真剣に私の話を聞かなくてもいいですよ。まずは肩の力を抜きましょう」

社会人として、これから人生の第一歩を踏み出そうとしている新入社員である。緊張するな、というほうが無理だ。記者職が二六人、営業職が一〇人、技術職が五人、そして経理、人事、関連会社が各二人、合計四七人が今年の新入社員である。

今年は、例年になく技術職の採用が多い。政府が推進する第四次生産革命の影響で、新聞社もそれに対応するシステムの更改、新設、および社内外での調整が増えている。

青木に言われたとおり、気軽に話すことにした。

「これからみなさんが働く会社、東京毎朝新聞社というのはマスコミの一つですが、はっきり言って大した会社じゃありません。だから、いい加減に働けばいいんです。真剣に働いちゃいけません。仕事半分遊び半分、いや遊びのほうが多いぐらいかな。そのくらいの気持ちでいきましょう」

冗談や面白半分で言ったわけではない。のめり込む前に、柔軟にいろいろな視点から世の中を見ることが必要だということを言いたかったのだ。しかし、新人の反応は予想外にシラッとしたものだった。

――そんなことは、あなたに言われなくても分かっていますよ。

悠木を見つめる彼らの視線は、そう訴えているような気がした。

一方、真剣に反応した人物がいた。矢野常務だ。視線が上を向き、眉間が厳しくなっている。青木の言ったとおりだ。大事な新人研修のトップバッターとして登壇した科学部のエースが、「いい加減に働けばいい」とか「真剣に働いちゃいけない」と言っている。

（何たることだ！　講演を即刻中止したい）

と矢野は思った。しかし、そんなことができるわけはない。天下の東京毎朝新聞、就職雑誌では「社内の雰囲気は自由で活気がある」と紹介されているのだ。

（今、悠木の話を止めたら世間の顰蹙を買うだろう）

湧き上がる怒りを、矢野常務は必死にこらえた。

担当役員の怒りは知る由もないが、新入社員の表情は相変わらず硬い。目元は多少緩んできたようにも見えるが、肩の力は依然として抜けていない。

「少子高齢化に伴って、今、日本は至る所で働き手が不足しています。仕事が増えているのに働く人は減っている。東京毎朝新聞も状況は同じです。だから、この会社に来てくれただけでみなさんは会社の宝物です。会社のほうがみなさんを大事にするはずですから安心してください」

本心から悠木はこう思っている。

「みなさんは、上司や先輩の言うことなんて聞かなくてもいいです。自分の好きなことを好きなようにやってください。東京毎朝新聞は、それが許される会社です。そうですよね、常務」

新入社員が一斉に後ろを向いた。名指しされた矢野常務は、天井に視線を向けることもできず、悠木を睨みつけながら軽く頭を振った。上下だけではない、左右も少し入っていた。ちょっと言い過ぎたかなと思いつつ、悠木は徐々に調子が乗ってきた。

楕円形に歪む頭の振り方が矢野の複雑な心境を表している。新人たちは、体をひねったことで多少肩の力が抜けてきたようだ。

「みなさんに質問です。労働力が減ると何が起こるか知っていますか？　分かる人は手を挙げてください」

誰も手を挙げない。当然だろう。昨日入社式を済ませたばかりだ。仮に知っていたとしても、ここで手を挙げる新人はまずいない。もちろん、悠木もここで手が挙がるとは思っていない。欧米人なら手を挙げるのかなあ、と思いながら、脇に座っている国際部の進藤晋に視線を向けた。生真面目な進藤は無表情を通していた。

「私は入社して社会部に配属され、事件や事故の取材を毎日やっていました。それから那覇支局に三年いて、そのあと富山支局に二年いました。二〇一〇年に社会部に復帰したのですが、四年半前に科学部に異動しました。社会部や地方での記者活動もお話ししたいところですが、今日は趣旨が違うのでやめておきます。聞きたい人がいたら、どこか別の機会に話しましょう。問題は、労働力が減ると何が起こるかです。これは経済の問題です。みなさんのなかには経済部に配属される人もいると思いますが、配属されたら、そのときに真剣に考えてください」

意外な話の展開に、新人たちの肩の力もようやく抜けてきたようだ。表情が柔らかくなり、椅子に腰掛けているとはいえ、直立不動に近かった上半身が揺れはじめている。

そんななか、矢野常務だけは相変わらず苦虫を噛み潰したような顔をしている。眉間に、不満が滲み出ているのだ。

「労働力が不足すると、経済が成長しなくなります。ＧＤＰ、知っていますよね。科学部の記者でも押さえておかなければならない一般常識がいくつかありますが、ＧＤＰもその一つです」

不慣れな経済問題から本題に入ったことになる。

「われわれが働いて生産した付加価値の総額がＧＤＰです。この額が、前年に比べて増えたのか減ったのか。増えればプラス成長、減ればマイナス成長となります。これがいわゆる経済成長率です。経済成長率をストレートに考えると、いろいろと難しい議論が必要になります。そこで、ちょっとズルをして参考になる指標で考えます。潜在成長率です。ひと言で言えば、日本がもっている経済の成長能力といったらいいでしょう。潜在成長率は三つの要素で構成されています。一つが労働力の伸び率です。これに、資本の伸び率と生産性の伸び率を加えたものが潜在成長率です」

硬い話になってきたが、新人の反応は徐々によくなってきた。目の輝きを見れば、話の先行きに関心をもちはじめていることが分かる。

「先ほども述べたように、今、日本は少子高齢化が急速に進んでいます。これに伴って働く人が減っています。だから、潜在成長率を構成する労働力の伸び率はマイナスとなります。話を簡単にしましょう。資本の伸び率をゼロと仮定すると、潜在成長率はどうなりますか?」

ここで少し間をとった。会場を見回して、新人たちの反応を確認する。

真ん中に座っていた新人の口元が少し動いた。悠木はその彼に問いかけた。

「そこの君、間違ってもかまいません。どうなりますか?」

「資本の伸び率がゼロですから、潜在成長率は生産性の伸び率に左右されます。仮に、生産性の伸び率がゼロなら、潜在成長率は労働力の伸び率と同じくマイナスになります。潜在成長率をプラスにするためには、生産性の伸び率を、労働力のマイナスを上回る形で引き上げる以外に方法はありません」

「素晴らしい！　そのとおりです。君の配属先は経済部に決まりですね。常務、よろしくお願いします」

また、余計なことを口にしてしまった。矢野は悠木を無視するように視線を天井に向け、（余計なことを言いやがって）と頭の中で叫びながら悠木を睨みつけた。

「ＧＤＰの成長率は、潜在成長率とほぼパラレルに動きます。ということは、日本のＧＤＰをプラスにするためには、潜在成長率を上げればいいということになります。潜在成長率を上げるために何が必要か、もうお分かりですよね。生産性を上げればいいのです。少し前置きが長くなりましたが、ここでようやく科学部記者の出番が来ました」

改めて会場を見渡した。国際部の進藤が頷いている。心なしか、矢野常務の表情も少し柔らかくなっているような気がした。

気をよくした悠木は、第四次生産革命やその成否を握るＡＩ、ビッグデータ、ロボット、ＩｏＴなど、自分が担当している最先端科学分野の説明をはじめた。連日、新聞の紙面を飾っているキーワードだ。

新人たちの顔を見ると、さらに余裕が出てきたようだ。東京毎朝新聞を一生の職場として選んだ新人たちである。記者職でない人たちも、このレベルの話であれば理解しているようだ。そんな雰囲気を敏感に感じ取って、悠木の気持ちが高揚してきた。

科学部の仕事は最先端技術だけではない。医療、薬品、農業、水産、宇宙、脳科学、コンピュータ、倫理など広範囲に及んでいる。科学部を取り巻く周囲の環境が大きく変化していること、必然的に仕事量が増えていること、そして記者の人数が少ないことなど、矢野常務の顔色をうかがいながら東京毎朝新聞の働き方改革をそれとなく悠木は訴えた。

その都度、矢野は天井を向いたり、首を左右に振ったりと忙しかった。その反面、新人たちは記者職以外の採用者も含めて、時間が進むにつれて目の輝きが増していった。

残り時間が少なくなってきた。悠木は時計に目をやりながら記者の心得について話した。

「記者は、二四時間、三六五日、寝ても冷めても仕事です。私は夢の中でも仕事をしています。残念ながら、その分の超勤手当はもらっていませんが……。記者というのは決して楽な仕事じゃありません。3Kとは言いませんが、それに近い仕事です」

会場から、少しの笑いと驚きが伝わってきた。

「原稿を書く夢はほとんど見ません。見るのは、デスクとケンカをしている場面ばっかりです。ケンカというのは少し言い過ぎですね。論争です、論争。AIで日本の将来はどうなる、AIが人類に敵対する可能性はないのか、AIに仕事が奪われるんじゃないか。頭の硬いデスクは、そんなマイナス面ばかりを強調します。私は、日頃の取材で得た情報を駆使しながらデスクに論争を挑みます。現実の仕事では怒られてばかりですが、夢のなかの論争は私の連戦連勝です。要するに、デスクをコテンパンにやっつけているのです」

　会場が笑いに包まれた。

「政治家はよく『常在戦場』と言います。これをもじって言えば、記者は『常在仕事』です。待ち時間がとにかく長い。一番ひどいのは政治家や官僚です。夜中の二時とか三時に、平気で記者会見をするんです。いつもそうだという訳ではありませんが、時々、そして頻繁にこういう非常識なことをやるんです」

　語りながら、社会部時代、大手金融機関が起こした不正融資事件の記者会見を思い出していた。夜の九時に予定されていた頭取の記者会見は、日付が変わった午前二時過ぎにようやく開かれた。

　あとで分かったことだが、監督官庁である金融庁が、夜の九時という時間帯での会見にストップをかけたのだ。理由は簡単。予定どおりに会見すれば、翌日の朝刊に大々的に記事が掲載されることになる。おそらく、各紙とも一面トップを飾ったことだろう。それを避けたのだ。

　実は、その日にはもう一つ大きな発表があった。天皇陛下の孫にあたる美子(みこ)様の婚約発表である。発表日は水面下で密かに調整されていた。その事実を某週刊誌が嗅ぎつけ、木曜日発売号に掲載されることが分かったのである。週刊誌に先を越されるのはまずい、という判断が政府内にもあった。

　それだけでなく政府は、皇室の慶事が掲載される日の新聞に、大手金融機関の不祥事が掲載されることを嫌ったのである。直前に宮内庁から金融庁に「記者会見の差し止め」という要請が入ったことで、頭取の記者会見は翌日の未明にずれ込み、取材の応援に駆けつけていた悠木は午前二時過ぎまで待たされることになった。

記事を書き終えて、帰宅するころには白々と夜が開けていた。自宅に帰って四、五時間ほど寝て、一一時過ぎにはまた記者クラブに出勤した。

(重役出勤にならざるをえない)

そんな反論が頭の中を駆けめぐった。

不祥事とはいえ、大手金融機関の頭取が行う記者会見は経済部が担当する。このときも、メインは経済部だったが、不正融資が刑事事件に発展する可能性があるため、社会部からも応援の記者が派遣されていた。もちろん、内容の重要性から言ってメイン記事となる「本記(ほんき)」が一面トップとなり、悠木の書いた「サイド」は関連記事として社会面に掲載された。

記者の仕事は、本人のやる気や意志に関係なく、発表する側の事情に左右される。新人を前に生産性を引き上げるという話をしながら、自分の生産性がいかに低いかと説明したかったが、矢野常務の顔色をうかがうと、さすがにそこまで踏み込むことができなかった。

午前二時を回れば、新聞社が談合して取り決めている朝刊の締め切り時間が過ぎる。頭取の記者会見は朝刊には掲載されず、夕刊に回されることになる。朝刊より夕刊のほうが世間一般に与える衝撃の度合いは小さい。見えないところで、政治家や官僚は狡猾にニュースの掲載日をコントロールしているのだ。これも情報操作の一つと言える。

悠木は新聞記者の勤務時間がいかに長いか、それを知ってもらうために、未明にも記者会見が行われるという一つの事実を紹介しただけだ。しかし、矢野は眉間の深いシワをより一層深くして、天井に視線を向けた。一方、脇にいる青木はニコニコしていた。

演台からその様子を眺めながら、（青木さんはひょっとすると常務が嫌いなのでは……俺は青木さんにはめられたのかな）と思った。常務の癖をわざわざ教えて、「気軽に話して」と促した裏には、ひょっとすると青木の深慮遠謀があったのかもしれない。

記者会見以上に、世の中には裏の裏がある。メビウスの輪ではないが、表は裏で裏は表になる。事実というのは複雑怪奇なものだ。そんなことを考えながら悠木は話題を変えた。

「一つだけ問題提起をして、私の話を終わりにしたいと思います。事実は一つではないということです」

一瞬、会場がざわついた。前日の入社式で若田清博社長は次のように訓示した。

「記者として入社したみなさんは、これから事実に忠実に原稿を書いてください。事実は一つです。事実は目の前に転がっているわけではありません。みなさんが額に汗して抉り出し、分析して解明するものです。事実を見極めるために勉強してください。研鑽を積んでください。そして大胆に、勇気をもって事実を伝えてください」

若田社長の持論である。社員はみんな知っているし、もちろん悠木も知っている。社長の訓示は昨日のことである。その訓示をまるで批判するかのように、「事実は一つではない」と話したのである。矢野常務の視線が再び激しく天井に向けられた。

「ここに黒松の盆栽があります」

演台の左隣に置かれている盆栽を指さした。窓から差し込んだ太陽の光が当たっている。

「普段は応接室に置いてあるものですが、昨日の入社式からここに設置されています。かなり年季が入っていますね。この盆栽を記事にして読者に伝えてください。みなさんだったらどのように書きますか？」

そう言って、悠木は会場を見回した。

樹齢三〇年は優に超えている小さくて雄大な黒松の盆栽が、演台の左脇から、夢と希望に満ちあふれ、少し緊張気味の新入社員を見守っていた。

「私ならこんなふうに書きます。みなさんも頭の中で記事を書いてみてください。盆栽は一つです。この盆栽を、私たちが抉（えぐ）り出すべき『事実』としましょう。事実は一つです。ところが、私から見ればこの盆栽は演台の左脇にあります。みなさんから見たらどうですか？　この盆栽は演台の右脇にありますよね」

　盆栽を指さしながら続けた。

「みなさんの書く原稿には、『演台の右脇から』という説明が入ることでしょう。同じ一つの『事実』をもとに原稿を書いても、表現が違ってくるのです。ここに、事実を見極める一つの難しさがあります。盆栽の置かれた場所だけなら、講演者の左脇とか新入社員から見て右側とか、少し言葉を補えば解決します。ところが、この盆栽に当たっている光を事実として抉り出そうとすると、途端に難しくなります」

　新入社員の顔には、悠木が何を言い出すのだろうかと、一瞬怪訝そうな表情が浮かんだ。

「私から見ると、この盆栽は少し逆光気味になっています。だから、多少ですが黒ずんで見えます。みなさんから見るとどうですか。右側の窓から差し込んでくる太陽の光を受けて、この盆栽は明るく輝いているはずです。しかし、黒ずんで見える盆栽も事実なのです。そして、明るく輝いている盆栽も事実です。一つの盆栽ですが、この盆栽には二つの事実が存在することになります。これが、先ほどお話しした『事実は一つではない』という意味です」

　新人たちは相変わらず戸惑っていた。残り時間が少なくなっていたが、かまわず続けた。

「私の取材対象であるＡＩに話を戻しましょう。ＡＩは私たちの生活を便利にしてくれる手段ですが、反面、科学部のデスクのように、ＡＩが進化すると人間に敵対するのではないかと懸念している人もいます。ＡＩに仕事が奪われてしまうのでは、と心配しているのです」

悠木は、ソフト会社が開発したベータ碁というソフトが巻き起こしたＡＩブームに触れ、ＡＩが生産性向上の鍵を握っていること、さまざまな分野ですでにディープラーニングが活用されはじめていること、そしてビッグデータの解析や、ロボットと組み合わせた技術が加速度的に進化している現状を駆け足で説明した。

東京毎朝新聞に合格した、好奇心あふれる新人たちである。悠木の説明を聞くまでもなく、最近の最先端技術の凄まじい進化を肌で感じている。会場の反応を見ながら悠木は、新人たちが最近の状況をよく理解しているなーと思った。いろいろな話がすっと会場に溶け込んでいくのである。これなら話は早い。ズバッと結論に切り込んだ。

「新聞記者の仕事は、拘束時間が長くて肉体的には大変です。だけど、肉体的な大変さは自分で気を付ければなんとかなります。問題は、一つの現象に複数の事実が存在することです。受け取る側の思想信条、宗教、支持政党、個人的な感情など、さまざまな要因に左右されて事実が複数あるように見えるのです。見方が変われば、事実は複数存在することになります。じゃあ、どれが本当の事実なのか、それを考えるだけで精神的に疲れます」

悠木の率直な告白である。

「技術は、日々、猛スピードで進化しています。そのスピードに追いついていくだけで相当な努力が必要です。そのうえに、この変化がわれわれにとって正しいのか、それとも間違っているのか、未来社会に行ってみないかぎり、何が正しいのかは分かりません。じゃあ、どうしますか？　少なくとも私は、科学部の記者として進化することはよいことだと考えています。考えているというより、そう信じていると言ったほうがいいでしょう。その私でも、最近の医療技術の進歩はこのままでいいのかと、少し疑問を感じています。純粋な技術論で言えば、すでに人間のクローンをつくることも可能です。技術の進化はいつか人間のコントロールを超えてしまうのではないか、日々、取材をしながらそんなことを考えたりもします」

悠木の表情には、科学部記者としての内面的な葛藤が滲み出ていた。さすがに、そんなことに気が付く新入社員は一人もいなかった。脇の椅子に座って待機している政治部の笹川晃が深く頷くのが見えた。

「時間が来ました。みなさんのこれからの活躍を期待します。最後に一つだけみなさんに言いたいのは、精神的にタフになれ、ということです。上司や先輩の理不尽な要求は無視してもかまいません。大事なことは、楽しく仕事をすることです。記者職も営業職も、経理や人事などの内勤職も同じです。この会社で楽しく働けないと思ったら、いいですかみなさん、すぐに別の会社を探しましょう。ちなみに、科学部は楽しいですよ。以上です」

新人たちの大きな拍手に包まれて悠木は講演を終えた。しかし、矢野常務の眉間に刻まれたシワは消えなかった。

青木が縁台の脇にあるマイクの前に立った。「悠木さんありがとうございました」と言ったあと、新入社員に向かって「ご質問のある方はいらっしゃいますか？」と問いかけた。

会場には質問を期待する雰囲気が漂っていた。だが、誰も手を上げない。座っている新入社員の間に気まずい空気が流れた。そのとき、真ん中の右端に座っていた女性が手を挙げた。青木が「どうぞ」と指名する。

「私、森山と言います。社会部を希望しています。悠木さんのお話、大変参考になりました。ありがとうございました。一つおうかがいしたいのですが、悠木さんはどうして新聞記者になろうと思われたのでしょうか。職業として新聞記者を選んだ理由とか動機、きっかけを教えてください。よろしくお願いします」

悠木にとっては想定外の質問だった。質問時間があることすら事前には知らされていなかった。予想外の展開に一瞬（困ったなー）と思った。

青木が追い打ちをかけるように、「悠木さん、時間がちょっと押しています。簡潔にお答えください」と要求した。

「あ、はい……あの、そうですね。動機ですか……」

何から話せばいいのか戸惑いながら、質問した新入社員に向かってしゃべりはじめた。

「私は兵庫県の尼崎市の出身ですが、中学三年生のときに阪神・淡路大震災に遭遇しました。最初、何が起こったのか分らなかったのですが、そのときの恐怖感は今でもはっきりと覚えています。情報がないことがいかに恐ろしいか、このとき初めて知りました。このときから、将来は情報を伝える仕事に就きたいと思うようになりました。これが私の原点です」

青木のほうを見ながら簡単に説明した。

質問した新入社員は、「情報の大切さに気が付いた。それが原点になったということですね。分かりました。ありがとうございました」とお礼を言って着席した。

青木が「ほかに質問したい方はいますか？」と声をかけた。

今まで沈黙していた会場から一斉に手が上がった。躊躇していた人たちが、今度は我先に手を挙げたのである。一人が突破口を切り開くと、あとは雪崩を打ったよう追随する。演台でその様子を見ながら、悠木は（これが日本人の習性かな）と思った。

「うしろの左側の方どうぞ」と、青木が指名する。

「山本です。経済部を希望しています。悠木さんがこれまで経験したなかで一番自慢したいことと、一番言いたくない失敗体験を教えてください」

「自慢できるようなことはあまりありませんが、東日本大震災の応援で震災直後に一か月間ほど被災地に入ったのですが、そこでは被災者のみなさんがミニコミ紙を発行していました。このことを記事にしたら、読者から大きな反響がありました。ささやかですが、私としては自慢できる記事でした。失敗談は数えたらきりがありません。言いたくない失敗体験ということですから、言えません」

質問をおうむ返しにした答えが会場の笑いを誘った。

「まあ、それは冗談ですが、今瞬間的に思い出したのはアポイントを失念した件です。科学部に移ってからのことです。大企業の会長さんにアポを取っていたのですが、同期と昼メシを食べたあと喫茶店でダベっていて、そのアポを失念してしまいました。先輩や上司の悪口を言い合っているうちに話が弾んで、時間が経つのを忘れてしまったのです。会長の秘書から携帯に電話がかかってきて気が付いたのですが、あとが大変でした。秘書にはすぐ謝りましたが、会長と関係を修復するのに一年以上かかりました。みなさんも約束は忘れないようにしましょう」

「もう一人だけ質問をどうぞ」と言ったあと青木は、最前列に座っている新入社員を指名した。

「北山です。政治部を希望しています。悠木さんが日頃取材で大事にしていることを教えてください」

質問は簡潔だった。少し考えたうえで、悠木は次のように答えた。

「取材する相手と同じ目線になるように心がけています。大物政治家を取材するときは、自分も大物の新聞記者だと言い聞かせて取材に臨んでいます。逆に、交通事故で亡くなった遺族の方を取材するときは、遺族の身になって取材するように心がけています。目上の人とか地位の高い人に取材するときはどうしても気後れします。新聞記者は、いつも相手と対等の立場にいなければならない思っていますので、あえて自分も大物だと言い聞かせるわけです。逆に困っている人とか、立場の弱い人を取材するときは上から目線になりがちです。それを避けるために、相手の立場に立って取材するように気を付けています」

質問した新入社員に悠木の真意が伝わったかどうかは分からない。そんなことにおかまいなく、青木は「以上で悠木さんの講演を終了します。続いて、政治部の笹川さんの講演に移ります」と研修プログラムを進めた。

悠木が演台を降りて笹川晃が登壇した。笹川が座っていたところに悠木は着席した。

笹川は予算が成立したあとの国会が、与野党対決ムードを引きずったまま後半戦に突入したこと、岩盤規制の撤廃をめぐって国家戦略特区が国会の大きな争点になっていること、そして官僚の不祥事が相次いでいることなど、最近の政治情勢について話をした。

悠木はというと、笹川の話をぼんやりと聞きながら自分の講演を振り返った。言いたいことは言ったと思いながらも、新入社員の質問に対する答えが中途半端に終わってしまったような気がして少し悔やまれた。

「政治部の記者は、政治家の今を理解するだけでは正確な記事は書けません。その政治家の過去、過去にどんな主張をし、どの法案に賛成したか、あるいはどんな法案に反対したか、活動暦をしっかりと頭に刻んでおくことが大事です」

笹川の話が続いている。それを聞きながら、悠木は尊敬する社会部の藪中進先輩のことを思い出していた。

高校、大学と野球部に所属し、六大学野球では何度も神宮のマウンドに立っている。五〇歳を目前にして肝硬変で亡くなった。その先輩が、口癖のように「今を理解するためには過去を知れ」と言っていた。

「未来は今の延長線上にある。そして、今は過去が築き上げた未来だ」

一升瓶を抱えながら、飲むたびにこの話をした。（今の俺は、過去が築き上げた未来か）そんなことを考えながら、自分の過去を振り返っていた。

高校時代、悠木はラグビーに没頭していた。大学に入ったあとも同好会でラグビーは続けていたが、高校時代ほどの情熱はなくなっていた。ラグビー選手としての限界を知ったということもあるが、それ以上に、もっと幅広くいろいろな経験をしてみたい、そんな思いが強くなったのだ。

ラグビーに割く時間以外は、友達に誘われて入部したメディア研究会の部室に入り浸っていた。メディア研究会といっても、ルーティンの課題があるわけではなく、たまに合コンを開く程度のお気楽な部活動であった。

人並みに大学生活をエンジョイしたいという思いもあった。そして、一九九五年に発生した阪神・淡路大震災のあと、マスコミやメディアに関心をもっていたことも入部のきっかけになっていた。

メディア研究会は、そんな悠木にとっては厳しくもなく、さりとてアウトローを気取った部活でもなく、学生生活をエンジョイできる格好の場所だった。たまに新聞社のイベントに参加し、マスコミに関連した本を読み、研究会のメンバーと適当に議論しながら時間を潰していた。そんなお気楽な生活が一変するときがやって来た。三年生に進級すると同時に、就職活動がはじまったのである。

一九九〇年の年明け早々にはじまったバブルの崩壊は、悠木が就職活動をはじめた一〇年後の二〇〇〇年四月にもまだ暗い影を落としていた。株や土地が急騰し、濡れ手に泡で儲かっていた日本経済の熱狂的陶酔感、いわゆるユーフォリアはこの一〇年間で完全に影を潜めた。代わってデフレが日本経済を覆い、日本中がデフレスパイラルの恐怖に慄（おのの）いていたのである。

一九八〇年代に「ジャパン・アズ・ナンバーワン」ともてはやされ、ソニーがニューヨークのマンハッタンビルを買収して顰蹙（ひんしゅく）を買ったという時代は、遠い過去の夢物語として封印されていた。ミレニアムという記念すべき区切りの時代がはじまろうとしているのに、日本は八方塞がりで、一億総自信喪失の様相を呈していた。

そんな時代に就活をはじめようとしている悠木の目の前にあるのは「狭き門」だった。

授業が終わってメディア研究会の部室に顔を出すと、後輩の横山雅人がいた。

「先輩もこれから大変ですね」と声をかけてきた。最初、横山が何を言ったのか分からなかった。経済学部に籍を置く横山は、経済原論の授業の終わりに教授が言ったことを話してくれた。

「これからもデフレは続くでしょう。企業はリストラを強化します。今年も就職戦線は買い手市場の狭き門です。君ら一年生はまだ心配する必要はありませんが、この四月に三年生になる人たちは大変です。求人はかなり減ると思います。そのあとは君らだ。将来を考えて、今から心して勉強してください」

悠木は法学部である。バブル崩壊と言われても、自分とどのように関係するのか最初は分からなかった。とはいえ、このころから同期の間でも「なんかやばそう」という会話が目立つようになってきた。

そして四月、キャンパスに新入生のフレッシュな顔が目立つようになったころ、三年生向けの就職説明会が行われた。学生部の就職担当者が最初に言った言葉を今も鮮明に覚えている。

「今年は求人件数がかなり減りそうな雰囲気です。就職難は続きます。みなさん、心してかかってください」

阪神・淡路大震災で被災した経験から、「将来はマスコミに就職したい」と漠然と考えていた。でも、そのための準備はほとんどしていない。高校時代はラグビーに熱中し、大学に入ってメディア研究会に籍を置いていたものの、特段マスコミについて調べたわけではない。ましてや、就職試験のための勉強はまったくしていなかった。

学生部の就職担当者も慌てていた。メディア研究会の同期の間でも、さまざまな噂が飛び交っていた。

「東京毎朝新聞が来年の募集人数を若干名に絞るようだ」

「東経新聞は募集を取りやめるらしい」

なかには、「東京毎朝新聞は希望退職の募集に踏み切るようだ」というものまであった。もちろん、こうした情報がどこまで真実か、悠木たちには分からない。そんななかで、就活がはじまったのである。

悠木は、まずマスコミ用の就職試験問題集に取り組んだ。筆記試験の勉強と同時に、会社訪問にも力を入れた。一般企業に行くつもりがなかったから、一部の例外を除いて対象はすべてメディアだった。人づてに紹介してもらった先輩を訪ねたり、直接メディアの広報に電話して担当者を紹介してもらったりしながら、かなりの数のメディアを訪問した。

大手の新聞社だけではない。地方の有力紙やテレビ局、通信社、出版社などメディアに関連した企業は軒並み訪問した。それ以外にも、広告代理店や旅行会社、メディアと関係の深いシステム会社にも足を運んだ。

そんな厳しい状況のなかで、二つの会社から内定をもらった。東京毎朝新聞と東北地方の有力新聞社である。運がよかった。筆記試験に知っている問題が出たことに加えて、面接も無難に対応することができた。

悠木は、迷うことなく東京毎朝新聞を選んだ。理由は、主要国に海外支局をもっていたことだ。将来、海外特派員として活躍してみたい——厳しい就職戦線を勝ち抜いて、夢は膨らんでいた。

目の前にいる五〇人近い新入社員の顔を眺めながら悠木は、一六年前の自分の姿を振り返っていた。ここにいる新入社員も自分と同じような経験をしたのだろうか。少子高齢化で人手不足が至る所で顕在化している現在と、求人件数が激減した当時とでは状況はまったく違う。

東京毎朝新聞の業績ははかばかしくなかったが、とにかく人手が足りなかった。就職戦線は完全な売り手市場になっている。目の前にいる新人は、大して苦労することもなく就職できたのではないか。羨ましいような、もの足りないような複雑な気持ちだった。

時代が違うと言えばそれまでだが、自分が就活をしていたときとは様変わりしている。あのころは危機感があったが、目の前にいる新入社員からはそんな危機感は微塵も感じられない。

「日本の過去の政治を繙いてみてください」

笹川の穏やかな、語りかけるような声が聞こえてきた。

「吉田茂が敗戦後の日本の再建に向けてレールを敷きました。そのあと池田勇人が出てきて、高度経済成長を実現し、国際社会の注目を集めるようになりました。そして、佐藤栄作の長期政権のあと田中角栄の日本列島改造が続き、中曽根康弘が国鉄改革を実現します。竹下登が導入した消費税の税率については、今でも与野党の最大の争点になっています。細川護熙が登場して自民党単独政権をぶっ潰し、非自民・非共産の野党八党による連立政権が誕生しました。しかし、その政権は国民福祉税をめぐる混乱で退陣。その三年後に再び自民党主体の連立政権が発足するなど、政権がめまぐるしく交代する時代を迎えたのです」

そんな話を聞きながら、非自民・非共産の連立政権が誕生したとき、「俺は中学の一年生だった」と悠木は振り返った。あのとき、子ども心にも世の中が変わると思った。だが、そのあとも政権のたらい回しが続き、与野党の非生産的な消耗戦が繰り返されていた。

「政治は激しく動きます。日本だけではありません。世界中どこでも同じです。たとえば、ヨーロッパを見てください。民族同士で対立していた欧州は一九九三年に発効したマーストリヒト条約によって、経済を中心としたＥＣ（ヨーロッパ共同体）から政治や安全保障など非経済的な分野を含めて統合を目指すＥＵ（ヨーロッパ連合）に移行しました。単一通貨のユーロも発行されました。争いの絶えなかったヨーロッパが協調と連帯に動き出したのです。人類は確実に進歩し、発展しているように見えました。だが、その欧州は、今再び分裂の危機にあえいでいます」

笹川の講演は政治部が担当する国内政治を飛び越え、国際部の所管である国際政治に広がっていた。

「先ほど過去を知らないとだめだと言いました。過去—現在—未来という時間軸に加えて、国際的な横の広がりを加味しないと政治の本質は見えてこないのです」

笹川は仲間内で「学者」と呼ばれていた。クソ真面目で几帳面、いい加減でアバウトな悠木とは正反対の性格だ。気軽な飲み会の席でもすぐに講義がはじまる。博識で記者としての素養は十分だったが、反面、融通性に欠けていた。そのせいか、政治記者としての社内的な評価は必ずしも高くなかった。その笹川が続ける。

「イギリスが国民投票でＥＵ離脱を決め、ギリシャ、イタリア、フランス、スペインなどＥＵの南部に属する国々と、ドイツやオランダ、デンマークといった北部に属する国々の間で利害が対立しはじめているのです。緊縮財政の是非や難民の受け入れに対する考え方の違いが争点になっていますが、ひと言で言えば理想と現実のギャップです。ここにアメリカ第一主義のトランプ大統領が登場してきました。国内にとどまらず、国際的にも政治の不透明感が強まっているのです」

話を聞きながら悠木は、（笹川のやつ、相変わらずだな）と思った。これじゃまるで大学の講義だ。面白みに欠ける。新入社員は真面目に聞いているが、笑いがとれない。もっとくだけなきゃと、心の中で余計なお節介を焼いていた。

とはいえ、「理想と現実のギャップ」という指摘が妙に引っ掛かった。ギャップがあるのは国家だけではない。政治も経済も人生も、至る所にギャップがある。新聞記者のギャップ、（俺だって理想と現実のギャップの間で苦悩の日々を送った）と、沖縄時代の苦い経験を思い出していた。

研修会の講師が、政治部の笹川から社会部の富沢英知に替わった。悠木の二年後輩となる社会部のエースである。富沢は最近の大きな出来事として、二〇〇八年に起こった「秋葉原通り魔事件」と二〇一一年三月に発生した「東日本大震災」を取り上げていた。

秋葉原通り魔事件が起こったのは二〇〇八年六月。悠木はこの年の四月に富山支局に異動になっており、立山連峰を眺めながら、山の向こう側で起こった異常な事件に驚いていた。安心で安全な日本社会はどこに行ってしまったのだろうか、どうしてこんな異常な事件が起こったのだろうか。東京の記者が書いた原稿を読みながら、事件の背景に何があるのか、その答えを求めて新聞各社の紙面をしらみ潰しに読んでいた。

「異常な事件の背景には、格差拡大という要因があると個人的には考えています」

富沢のクールな声が聞こえてきた。気のせいか、新入社員も政治部の笹川のときより目の輝き方が違うような気がした。

「たとえばですが、所得格差が拡大して日本の底辺では、低所得者というか貧困層の数が急激に増えています。ひと昔前まで、日本の底辺にいる人たちの生活は比較的安定していました。それが今は、食事もままならないような、極貧に喘いでいる人が増えているのです。生活が安定しないと精神的に不安定になります。事件の裏には、必ず誘因となるような社会的な背景があります。取材するということは、その原因を探ることでもあります。無差別殺人といった凶悪な事件はこれからも増えるでしょう」

どう反応すればいいのか、新入社員はみんな困惑気味だった。

（そりゃそうだ、新人研修で格差拡大とか貧困化といっても聞いているほうが困るよ）

新入社員に同情しながら、悠木は富沢の話を聞いていた。

富沢自身も反応の鈍さを感じたのだろう。「ということで、もう一つの大事件である東日本大震災の話に移ります」と話題を替えた。

（そうそう、それがいいよ）と、悠木も心の中で相槌を打っていた。

「東日本大震災のとき、地震が起こった直後にそこにいる悠木さんと一緒に私は被災地に入りました」

と言って、富沢は悠木のほうを見た。

「地震が起こったのが午後二時四六分です。東京毎朝新聞社は、その日の夕方に、応援部隊の第一陣を仙台支社に送り出しました」

記憶に新しい東日本大震災の裏話である。聞いている新入社員の目は輝きを増した。

東日本大震災が起こったのは二〇一一年三月一一日午後二時四六分。悠木は警視庁の記者クラブにいた。東京もかなり揺れた。震度5、横揺れが非常に長い間続いた。

感覚的には、震度5を大幅に上回る揺れのように感じた。道路を挟んだ向かいのビルが今にも倒れそうなほど揺れていた。自分も揺れている。お互いの揺れが相互に作用しあって、実際より大きな揺れに感じたのかもしれない。

東京毎朝新聞の対応は早かった。若田社長が本社の局長や部長クラスを緊急招集して対策会議を開いたのが午後四時。テレビで津波が三陸の沿岸を襲うのを見ながら、その日のうちに応援部隊を出すことを決めた。派遣するのは運転手を含めて総勢六人。編集とシステムで四人、後方支援要員一人。準備ができ次第、会社の大型ワゴン車で出発することになった。

社会部からは、悠木と二年後輩の富沢が選抜された。ほかに、経済部とシステム局から一人ずつ、それに総務部の山下輝男が加わった。

山下は過去に何度も後方支援の経験がある。思いつくまま、五人は調達物資をリストアップした。リストはあっという間にでき上がった。一方、運転手の松原隆は、ガソリンを入れる金属製の容器を調達してきた。

調達物資の大半は食料である。経理部や総務部、人事部などが協力して近所のコンビニからかき集めた。地震発生直後、大半のコンビニから商品が消えた。物資の調達もままならなかった。社に備蓄されていた乾パンや水も車に積み込んだ。

毛布や下着、着替えに長靴といった衣料品は日本橋の百貨店で調達した。災害の応援に行くのに高級下着を買わざるを得ない。なんという皮肉か。悠木は、初めて百貨店で下着を買ったときにそう思った。建築現場などで使う安全靴は、残念ながらどこにもなかった。

地元の普通高校を卒業して中央線国立駅の近くにある国立大学に進学した悠木は、一つ隣にある西国分寺のアパートで学生生活を送った。四年間慣れ親しんだこの地は、第二の故郷みたいなものである。社会人生活も、地方勤務を終えて本社に復帰したあとも、この近辺を転々としながら送っていた。そして、科学部に転籍して二年目、妻・沙希子の希望を入れて、当初住んでいたアパートに近い小平市恋ケ窪に小さな新居を構えた。

日常生活にともなう買い物は、近くのコンビニやスーパーで済ましている。都心の百貨店に足を運んで買い物をすることなどほとんどない。そんな悠木が、都心の百貨店でアンダーシャツやパンツ、靴下を買ったのである。いくら会社の金とはいえ、本質的に貧乏性の悠木にとってこれは驚天動地の出来事だった。

一〇〇年に一度と言われた東日本大震災は、悠木にこんな初体験をもたらしたのである。

調達物資をギュウギュウに詰め込んだワゴン車が本社を出発したのは、夜の九時過ぎだった。乗り込んだ六人はみんな緊張していた。被災地では、依然として余震が続いていたのである。

本社の地下駐車場は煌々と明かりがついていた。しかし、向かう先は停電したままの真っ暗闇の世界である。この先、何が起こるか分からない。社長以下、見送りに出た幹部たちも不安気だった。

駐車場を出た直後から応援部隊は躓いた。首都高速に乗ろうとしたが、帰宅難民であふれかえった東京はどこもかしこも大変な混雑だった。電車は全面的に運行停止、道路のほうは至る所で大渋滞が発生していた。

とにかく、車が動かないのである。松原の機転で首都高速を諦めて一般道で行くことにしたが、スムーズに流れている道などどこにもなかった。

ルート選定も間違っていた。一〇〇年に一度と言われた巨大地震が東北地方一帯を襲ったのである。東北自動車道や常磐自動車道、あるいはその周辺の一般道を使って北上するという発想そのものに問題があった。あとで分かったことだが、関越道を使って新潟に出て、そこから北上し、山形自動車道で仙台を目指すという迂回ルートのほうが速かった。

急がなければ、早く着かなければ、そう思えば思うほど、人間は最短ルートを選ぼうとする。そのうえ、多くの人が同じ行動をとる。結果的に、最短ルートには人と車が殺到することになる。集中豪雨のように車が殺到すれば、至る所で渋滞が発生する。結果論だが、新潟から山形経由の大迂回ルートを使えば、相対的に短時間で目的地に到着できた。

応援部隊は出発して丸一日が経とうとしているころに、ようやく仙台市にたどり着いた。すでに日は落ちて、自家発電を使ったビルの明かりが散発的に目に入ってきた。東京毎朝新聞の仙台支社が入っているビルも、自家発電が稼働して電気はついていたが、部屋の中はメチャクチャだった

大都市仙台は真っ暗な闇のなかに沈んでいた。大規模な自然災害によって、人間社会はいとも簡単に破壊されたのである。

もちろん、取材も困難を極めた。被災地はどこもかしこも破壊されていた。多くの人が犠牲になった。老人やこども、働き盛りの男性や家庭の主婦まで、数え切れない人々が津波に飲み込まれた。そこに、東京電力福島第一原発の爆発事故が重なったのである。

応援部隊の第一陣として被災地に入った悠木と富沢だが、当初、右も左も分からなかった。取材のための移動は困難を極め、県警や県庁、市役所といった行政機関も震災直後はほぼ機能を停止していた。情報提供もなければリークもない。圧倒的に情報が不足していたのだ。

阪神・淡路大震災のときよりもひどかった。だから、五感をフル動員して自分で取材するしか方法はなかった。だが、こうして書いた記事が、逆に読者の心に染み込むように伝わった。それは東京毎朝新聞だけではない。他社の紙面も、テレビ局の生中継も、読者や視聴者を引きつけて離さなかった。

愛する家族や、家も土地も仕事も財産も、すべてを失った被災者が、蟻地獄から這い上がるように、深い悲しみのなかから黙々と立ち上がってきたのである。その姿を取材しながら、悠木は心の底から感動した。いまだかつて味わったことがないような感動だった。

取材を通して悠木は被災者に感謝した。被災者を励ますどころか、被災者に励まされたのである。

「東日本大震災については、話したいことが山ほどあります。ただ、今日は時間がありません。改めてどこかでお話しできればと思います。一つだけ言えるのは、この取材のときは何から何まで壮絶でした。ですが、記者としてというより、一人の人間として感動の連続でもありました。

あの地獄のような状況から多くの被災者が無我夢中で立ち上がったのです。お互いに助け合い、励まし合い、悲しみや絶望感を乗り越えようとしていました。あのとき私は、日本人はなんて素晴らしいんだと思いました。日本人だけではありません。世界中から支援の手が差し伸べられました。大げさに聞こえるかもしれませんが、人類の未来は決して暗くないと思いました」

この言葉で、富沢の講演が静かに終わった。一か月近く一緒に被災地を這いずり回って取材した悠木も、富沢の講演に惜しみない拍手を送った。

## 3　取材の現場

新人研修の翌日、悠木は東西運輸の本社に来ていた。皇居のお堀端にある超高層ビル、その三三階にある応接室の眼下には満開の桜並木が広がっていた。ふかふかのソファに身体を沈め、春を感じながら社長が来るのを待っていた。ノックがして、秘書が「社長はすぐに参ります」と言ってお茶を置いていった。

細身の秘書の手慣れた所作、さりげない動作に会社の実相が現れているような気がした。満開の桜と感じのよい秘書、「これが一流企業の証か」、そんなことを考えながら頭の中で取材項目を反芻(はんすう)していた。

「やあ、お待たせしました」

社長の財部(たからべ)耕一郎が入ってきた。立ち上がって悠木も挨拶をする。

「お忙しいなか、お時間をいただき、ありがとうございます」

型どおりの礼を言ったあと、

「桜が満開ですね。社長は満開の桜に囲まれて仕事をしているんですね。羨ましいかぎりです」

と言って、それとなく社長の歓心を引こうとした。

「はたから見るとそう見えるかもしれませんが、社長業というのはみなさんが想像している以上に大変な仕事です。桜を楽しんでいる余裕なんてありませんよ。次から次と難問が押し寄せてくる。それこそ、毎日が針の筵（むしろ）です」

　財部社長に会うのは初めてである。

　宅配業界で圧倒的なシェアを誇っている東西運輸のトップ。強力なリーダーシップで自分の会社だけでなく業界全体を牽引している。強引かつ剛腕というイメージを思い描いていたが、そうではなかった。意外な印象を受けた。

「今日取材に伺ったのは、AIを軸とした第四次生産革命で御社の社員のみなさんの働き方はどのように変わるのか、また、最先端技術について社長がどのような考えをおもちなのか、そのあたりについて教えていただこうと思ったからです」

　東西運輸は、宅配業界のリーディングカンパニーである。業績もよい。とはいえ、Eコマースの浸透で集中豪雨のように配達する荷物が激増している反面、少子高齢化で運転手は減る一方だ。仕事が増えているのに働き手は減っている。ギャップを抱えたまま一流企業の証であるサービスの質を維持しようとすると、これまで考えられなかったような問題があちらこちらから噴出してくる。財部は深刻な状況を打ち明けた。

「ドライバーの労働時間が長くなり、肉体的な疲労が蓄積されています。真面目なドライバーほど夜遅くまで配達を行いますが、そうすると、今度はお客さんに怒られてしまいます。ドライバーだって深夜まで配達したくはないのです。昼に配達しても不在のお宅が結構多いので、仕方なく深夜まで配達を行っているのです。再配達は、肉体的な負担以上に精神的な負荷がドライバーにかかります。こんなことを毎日続けていると心身ともに消耗しますから、健康維持も覚束(おぼつか)きません。会社だってもたないでしょう。事業そのものが続けられなくなる可能性だってあります」

財部の顔には、業界のトップリーダーとしての自覚というより、東西運輸の生き残りを懸けた危機感が滲んでいた。

「今、春闘の最中ですが、財部社長は労働組合に荷物の総量規制や得意先企業に対する値上げ、配達時間の変更など働き方改革を提案しています。なぜ、このような提案をすることになったのか、そのあたりの事情を教えてもらえますか」

悠木の質問に財部は少し考えていた。言うべきか、言わざるべきか迷っているようにも見えた。それから、トーンを落としてゆっくりと話し出した。

「これは外部に言ってないことですが、昨年、年が明けてすぐに、現場から優秀なドライバーを本社の企画部門に異動させました。働き方改革に現場の声を反映させたかったのです。山田英介と言いますが、真面目で正義感が強く、本当によく働く社員でした。ドライバーとしての腕もピカイチでした。彼は現状を変えようと必死でした。変えないと現場に過重な負担がかかって、ドライバーがもたない」

財部は山田抜擢の理由を縷々説明した。その山田も、社長の期待にこたえようと必死に働いたようだ。

「現場のドライバーからさまざまな要望や要求を聞き、営業部門や集配所の責任者、労働基準監督署まで足を運んで調整するなど、改革案づくりに奔走していました」

一年前を振り返るように、財部は言葉を選んだ。

「彼は現場の実態を一番よく知っていた。そして、何とか仕事を減らしたいと考えていました。普通の社員は営業成績を上げるために仕事を増やすことを考えます。山田は逆に減らそうとしたのです。社員として、これは一つ間違えると背信行為になりかねません。でも山田は、それをする以外にないと思い込んでいました」

山田の真剣な表情を思い出したのか、財部の表情が少しきつくなった。

「そして、現場にいたときよりも勤務時間が長くなったのです。睡眠時間を削って仕事に打ち込んでいたと思います。精神的にもかなりきつかったことでしょう。現場のときは肉体的に大変ですが、精神的にはむしろ楽です。それが本社勤務になって、慣れない仕事で精神的にかなり負担がかかったようです。超勤が二〇〇時間に迫る月が二か月か三か月続きました。本人も気が付かなかったと思いますが、肉体的にも精神的にも限界を超えたのでしょうね。ある朝、突然、起きられなくなったのです」

ここまで言って、財部は言葉を詰まらせた。

財部の話を聞きながら悠木は、同期で経済部にいる水島力のことを思い出していた。

水島は財務省の記者クラブ（財研）に所属し、サブキャップをしていた。国有財産の売却に伴う値引き疑惑、日米の貿易摩擦再燃の兆し、日銀総裁の人事、急激な円高の進展など乱高下する国際金融市場のカバー、そして国会対応など、重大な取材案件が途切れることなく次から次へ舞い込んでくる。

財務省は官庁のなかの官庁である。「官庁の雄」と言ってもいいだろう。大臣が内閣の屋台骨を支える大物政治家ということもあって、政治部や社会部ばかりでなく、地方部や国際部などからもひっきりなしに問い合わせや取材依頼が舞い込んでくる。サブキャップは、その調整役も兼ねているのだ。もちろん、デスクからも頻繁に問い合わせや指示が来る。

予算委員会で大臣の答弁が問題になれば、その裏取りもやらされる。国会の審議が紛糾すれば、官邸や与野党幹部の水面下の動きもカバーしなければならない。財務省という役所は、表の活動よりも水面下に潜って行う裏工作のほうがはるかに多いのだ。

良きにつけ悪しきにつけ、財務省の影響力は大きい。大げさに言えば、一年中、一瞬たりとも気が抜けないポスト、それが財研記者の仕事である。

「財研」とは、財務省の中にある記者クラブであり、正式名称は「財政研究会」という。国内外の主要メディアが所属している。

建て前は各社のエリート記者が集まって日本の国家財政のあり方を研究することになっているが、実体は「役所のなかの役所」ともいうべき財務省から利益供与を受けるためにつくられた拠点である。消費税率の引き上げなど健全財政の世論は、財務省の意向を忖度しながらここでつくられている。

日本には数多くの記者クラブが存在する。たとえば、与党である自民党と公明党を担当する「平河クラブ」だが、これは自民党本部と衆議院の中にある。自民党が結党された当時、党本部が千代田区平河町にあったことからこの名がついた。

一方、社会部の拠点は警視庁の中にある。ここには、「七社会」「警視庁記者倶楽部」「ニュース記者会」という三つの記者クラブがある。

経済記者にとって財務省を担当することは一種の憧れであり、エリートコースへの仲間入りでもあった。官僚との人脈づくり、国の予算や税制の仕組みなど国の基礎的な構造を知ることは、経済記者にとって必要不可欠だ。

為替相場をめぐって、世界中の官僚たちが休むことなく水面下で調整を繰り返している。こういう人たちのことを「金融マフィア」と呼ぶのだが、彼らを取材することで世界経済の意外な動きもキャッチすることができる。

本物のマフィアのような暴力沙汰は起きないが、水面下で行われている為替をめぐる外交交渉は金融戦争そのものである。世界がグローバル化し、巨大なマネーが瞬時に国境を越えてやり取りされる時代だ。金融マフィアとの接触なくして金融の真実に迫る記事は書けない。仕事は忙しいが、記者にとってはやりがいのある職場である。

そんな部署で働く水島は、責任感が強く、生真面目で、仕事への情熱が強い。頼まれれば嫌とは言えないタイプだ。専門の経済面だけではなく、週刊誌、月刊誌、子ども新聞、そして家庭欄や文化面など、東京毎朝新聞がもっている紙面は山ほどあった。

おまけに、社外の経済誌や週刊誌からも原稿の執筆依頼が来る。いわゆるアルバイト原稿だ。社によっては禁止しているところもあるが、東京毎朝新聞は比較的おおらかで、デスクの許可さえ取れれば社外での執筆も可能だった。デスクも同じ道を通ってきているから、現場から申請があればダメとは言えない。ほぼ無条件でアルバイト原稿は許可されていた。

水島は至る所で署名入りの原稿を書いていた。社内だけではなく、社外にも名が知れた記者である。必然的に、原稿依頼も多かった。そんな仕事も、ほとんど断ることなく引き受けていた。

その水島が、ある朝、突然、起きられなくなった。会社を休職し、今は入退院を繰り返しながら自宅で療養している。

財部の話を聞きながら悠木は、「山田という社員は、水島とまったく同じだ」と思った。

財部は、山田が重度の双極性障害と診断されたこと、入退院を何回か繰り返したこと、回復に向かって職場復帰に意欲を示していたことなど、山田の闘病生活についてかなり詳しく話してくれた。期待を寄せる社員だったとはいえ、大企業のトップがここまで詳しく一社員の病状を把握しているというのは異例だ。

かなり回復したと思ったある日、奥さんが買い物に出掛けた隙に、自宅で首を吊って自殺してしまった。財部の顔には、当時の鎮痛な思いが蘇っていた。

少し間を置いて財部が言った。

「このとき、もうやるしかないと思って、覚悟を決めたんです」

その行動は素早かった。労務担当や経理担当、営業担当など取締役会の主要なメンバーを緊急招集し、取り扱い荷物を現状の配達能力に合わせて削減すること、得意先の大企業を対象に例外なく値上げを実施すること、働き方改革に取り組むこと、そして、そのためには労働組合と腹を割って話をすることなど、宅配事業の継続性を確保するために東西運輸の大改革に取り組むと宣言したのである。

当然のごとく、取締役会はすんなりとは進まなかった。時代の最先端を突っ走る米国の巨大Eコマース企業である「ビックリバー」など、大口ユーザーを対象とした値上げに大半の役員は尻込みした。

ビックリバーに値上げを通告して拒否されたらどうなるのか。宅配業界の競争は激しい。大口割引、緊急値下げ、優遇配達、最速配達など、あの手この手を使った値下げ競争と荷物の受託拡大競争に明け暮れている。東西運輸が値上げを通告すれば、荷物はすべて他社に流れるだろう。ちょっとでも隙を見せれば、同業他社が蛇蝎（だかつ）のごとく割り込んでくる。食うか、食われるかの世界、値上げなどできるわけがない。多くの役員がそう思い込んでいた。

失われた二〇年、長期にわたって物価が下がるというデフレ経済のなかで、消費者だけでなく生産者もサービス業者も、モノの値段は下がって当たり前だと思い込んでいるのだ。

値下げして会社が赤字になっては元も子もない。値下げを行うとなると、それを穴埋めするための財源をどこからか捻り出さなければならない。激しい競争が続くなかで業界は、合理化、リストラ、そして労働環境の質の低下を余儀なくされる。

値下げ競争のツケはどこかに回る。その標的はドライバーだ。長時間労働が蔓延し、サービス残業、深夜配達、昼食や休憩を取る暇もなく仕事が襲いかかってくる。

そんな状況のなかで財部は、取扱荷物の削減と値上げを言い出したのである。真っ先に反対したのは営業担当の古池正樹専務だった。次期社長の有力候補と見られていた古池は、財部の提案に顔面が蒼白になった。

「社長、お言葉ですが、そんなことをしたらビックリバーは宅配業者をほかの会社に変えちゃいますよ。荷物は他社に流れ、わが社の売り上は減ってしまう。ビックリバーさんはわが社にとって最大の得意先ですよ。それに、その影響がほかの得意先に波及するかもしれません。そうなれば、営業部隊は反乱を起こします。いや、それ以上に会社がもちません」

古池も必死だった。営業担当として得意先回りを欠かしたことがない。売上を伸ばし、得意先を増やすことが使命だと、入社以来、先輩や上司から叩き込まれてきた。

その古池に社長は、「受託する荷物を減らして、料金の値上げを行う」と言い出したのである。古池だけではない。東西運輸のすべての役員にとっても驚天動地の提案だった。

ビックリバーは、Eコマースで急成長を続ける世界的な大企業である。東西運輸が日本最大の宅配業者だといっても、その力関係には横綱と十両ぐらいの開きがある。

宅配会社は、どこもかしこもビックリバーに日参してご機嫌うかがいをしている。そうした実態を知ったうえで、値上げを通告すると財部は言い出したのだ。そんなこと、できるわけがない。出席した役員のほとんどがそう思っていた。

経理担当の西森賢一専務が古池に加勢した。

「働き方改革とおっしゃいますが、いったい何をするのでしょうか？」

東西運輸の業績は順調だった。毎年売上が増えるだけでなく、利益も伸びていた。今年の決算も増収増益が見込まれており、株価も上昇トレンドをたどっている。多くの証券アナリストが、東西運輸を宅配業界の優良企業と評価していた。西森には、健全な財務体質を支えているのは俺だ、という自負があった。

とはいえ、心配事がないわけではない。何よりも、ドライバーの勤務時間が長くなっている。大きな声では言えないが、超過勤務のかなりの部分がサービス残業だ。国会で長時間労働が批判され、メディアは連日ブラック企業探しに明け暮れている。ブラック企業とは言わないまでも、東西運輸の業績もドライバーのサービス残業が支えていた。

「働き方改革の柱は、ドライバーの環境改善が中心になる。ドライバーの健康を守り、家族が安心する職場に変えたい。食事や寝る時間を削って働き続けるというのは異常だ。IT社会が広がれば広がるほど荷物は増える。そんななかで、ドライバーが減っているんだ。今の状況は、会社の根幹にかかわる。このままだと、わが社の存続すら危うくなる」

財部の言葉には、長い目で見た会社の将来に対する危機感が含まれていた。

「第二、第三の山田を出さないためにも、今発想を変えないと取り返しがつかなくなる。他社に先駆けて働き方改革をやる。今がそのタイミングなんだ。ここでやらなければ、二度とチャンスはないだろう。失敗したら私は社長を辞める。その覚悟はできている。だから、是非協力してほしい」

財部は必死に訴えた。社長の決意を無視するわけではないが、西森が顔をしかめるようにして発言した。

「社長、多くのドライバーはサービス残業をしています。そのことはご存じですよね」

「もちろん知っている。サービス残業の未払い分は過去に遡って全額支給する。取扱荷物を削減すれば労働時間は減る。そうなれば、残業代も将来的には抑制することができる。過去の未払い分もキチッと処理してドライバーに報いたい。当然、一時的には業績にも大きな影響が出るだろう。そこは覚悟している。それでもやるしかない。そうしないと、会社はＩＴ時代に対応できない。これからＡＩの時代が来る。ドライバーをサービス残業でこき使う、そんなこと続けていると、この先、会社は存続できない」

もはや、財部の覚悟を誰も止めることができなかった。

「ビックリバーだって、ＡＩを使って自分の倉庫のハイテク化を進めている。結果として、宅配用の荷物が大量に発生することは分かっているはずだ。人手不足の東西運輸にとって、荷物が増えて配送料が下がれば二重の負担になる。同じビジネス社会で生きている者同士だ。人手不足のなかで宅配業者が苦闘していることは分かっている。値上げを拒否するとは思えない。いくらアメリカの大企業といえども、そんなことをやったら世間から袋叩きにあうはずだ。それでもビックリバーが値上げを受け入れないというなら、縁を切るしかない。東西運輸は、ビックリバーとの取引を拒否する」

何かにとりつかれたかのような覚悟が財部の発言にみなぎっていた。西森はサービス残業の未払い分が相当な額になると社長に伝えたかったのだが、財部の勢いに押されて言いそびれてしまった。

西森同様、出席している取締役会のメンバーは、これ以上財部に提案を取り下げるように要請しても無駄だと思いはじめていた。

そんななか、システム担当の松村和夫常務だけは、この暗い雰囲気に逆らうようにやる気があふれていた。

「ＩＴ時代に対応するためには、かねがね申し上げてきたように、わが社もＡＩを取り入れるしかありません。ドライバーの不足をＡＩで補う。そうすれば、上流でどんなにＩＴ化が進んでも、取り扱い荷物を増やすことが可能になります。われわれには長年培ってきた他社には絶対負けないという高品質なサービスがあります。これにＡＩをプラスすれば、鬼に金棒です」

松村は、東西運輸の未来は明るいと言いたかったのだ。取り扱い荷物が減ることは絶対にない。むしろ、増える一方だという確信があった。増える分はＡＩで補う。松村は、経理担当の西森専務の顔を見ながら言った。

「当面、業績的には大変苦しいことになると思いますが、そんななかでも、システム投資は逆に増やさなくてはなりません。早急に研究開発費を含めたシステムの投資計画を見直しますので、資金手当のほう、よろしくお願いします」

松村の発言で、取締役会の流れが完全に変わった。働き方改革を推進しながら新しい時代に合わせて会社をつくり直す。東西運輸の大胆な模索がはじまった瞬間である。


財部は、山田の自殺をきっかけにはじまった働き方改革を振り返りながら、「企業には必ず転換点がある。山田君は自ら命を絶つことによって、われわれにそのことを教えてくれたのだ」と言った。その声には、働き方改革しかないという強い思いが込められていた。

悠木が確認するように質問した。

「山田さんの自殺というショッキングな出来事が、働き方改革の原点になったということですね。そして、ＩＴ時代に向けて積極的な投資がはじまろうとしている」

「そうです。世の中ではＩＴ化が急激に進んでいます。にもかかわらず、われわれは漫然とローテクで人手に頼った仕事を続けてきた。しかも、誰もそれを異常なことだとは思わなかった。昔から続いている習慣とか慣習、慣行というものは、確かによい場合もありますが、変化をためらう要因にもなります。良い面と悪い面をどうやって切り分けるか、経営において一番悩むところです」

ＩＴ時代にローテクに頼る東西運輸。いや、宅配業界全体がローテクの塊となっている。倉庫のハイテク化で、上流から荷物がゲリラ豪雨のようにあふれ出す。なおかつ、このゲリラ豪雨は一時的なものではない。大げさに言えば、二四時間、三六五日、途切れることなく続くのだ。

「われわれは業界の最大手だと自負していますが、その東西運輸ですら荷物の処理が追いつかなくなってきました。なんとかしないと、宅配事業そのものが継続できなくなってしまうのです」

財部の表情には鬼気迫るものがあった。

「だから、全社を挙げて改革に取り組むと宣言しました。個人的には、ＩＴ社会に対する問題提起だと思っています。これが受け入れられるかどうかは分かりません。値上げをすれば、荷物は他社に行くでしょう。でも、やるしかない。得意先を巻き込んで働き方改革を進める。同時に、われわれも全力でＩＴ化に取り組みます。すでに、自動運転トラックの開発やドローンを使った宅配、ＡＩによる効率的な配送ルートの開発など、さまざまな部門に投資をはじめています。人手不足を、何とかＩＴで補いたいのです」

話を聞いて悠木は、第四次生産革命の意義を改めて嚙み締めていた。その中核に最先端技術がある。なかでも、鍵を握っているのがＡＩなのだ。今や、ＡＩは日本経済の救世主になりつつある。そのことについて日々取材できることにやりがいを感じた。科学部の記者として、原稿を書くことが財部社長を応援することになる。

東西運輸での取材を終えて記者クラブに戻る電車の中で悠木は、取材メモを見ながら財部の話を振り返っていた。そのとき、スマホのリングトーン（着信音）が鳴った。後輩の吉田からのメールだった。

「経済部の水島さんが亡くなったそうです。科学部の同報ＦＡＸで部長から連絡がありました。詳しいことはまだ分からない、とあります」

「えっ、嘘だろう！」と、思わず声に出して叫んでしまった。電車の中はさほど混んではいなかったが、その声に驚いた乗客が一斉に悠木のほうに顔を向けた。吉田に「死因は？」とひと言入れてリメールした。

「ここには書いてないですが、社内の噂だと自殺らしいですよ」

返信を見た途端、涙があふれ出した。記者クラブには戻らず、そのまま本社に直行した。部長は不在だった。デスクの佐々木洋平が「部長は外出している」と教えてくれた。

佐々木は科学部の筆頭デスク。原稿処理が早くてうまい。部員はみな、佐々木に原稿を見てもらうことを望んでいた。その佐々木に尋ねた。

「水島の件、何か新しいことが分かりましたか？」

「いや、あれ以上のことは人事部から連絡がない。経済部のデスクの話だと、住んでいるマンションのベランダから飛び降りたようだ。管理人が気付いてすぐに救急車を呼んだけど、着いたときにはすでに亡くなっていたらしい」

「奥さんはいなかったんでしょうか？」

「何かの用事で部屋を開けた隙に飛び降りたらしい」

それ以上の情報はなかった。人事部に行くと、青木こず恵がいた。

「青木さん、何か新しい情報はありますか？」

「今のところは何も。遺書があったのか、自殺の経緯など、奥さんからはその後連絡がないの。病院で死亡が確認されたのが午後の二時過ぎ、直後に総務部には連絡があったけど、それ以後は何もないの。経済部のデスクが今病院に行っています。奥さんは動転していて、水島さんのそばを離れないようです。今分かっているのはそんなところ。通夜とか告別式の日程が分かったら連絡します」

青木がそこまで言ったときに電話がかかってきた。水島の件で社内から問い合わせが続いているようだ。

悠木は、同期で経済部の倉田倫也に電話をしてみた。誰かと話していないと自分がどこかに吸い込まれてしまいそうで不安だった。

その倉田も、話し相手を探していた。二人は虎ノ門の喫茶店で落ち合うことにした。

夕方に近い時間帯である。店内は閑散としていた。一番奥の席に倉田がいた。同じ記者クラブで水島と一緒に仕事をしたことはなかったが、取材先の情報を交換したり、経済部の先輩や後輩の悪口を言い合ったりする仲だった。二人でよく情報交換と称してサボったりもした。気の合う同期で、悠木を入れて三人でよくつるんでいた。

「休職する前、水島はどうだった？」

席に着くなり、悠木が切り出した。

「お前も知っているとおり、水島は感情が表に出るタイプだった。嬉しいときは率直に喜び、悲しいときには人目をはばからず泣いた。後輩に注意をしたり、取材の指示をしたり、いつも元気にでかい声を出していた。そんな奴が、昨年の一〇月下旬だったかな、臨時国会がはじまった直後に急に塞ぎ込んでしゃべらなくなった。そのとき一緒にいたわけじゃないけど、周りに聞くと、とにかく顔の表情から正気が消えたというんだ。ぼやっとしていて覇気がない。目もとろんとしていたようだ。端から見ていると、やる気がないようにしか見えなかったらしい。記者クラブに出てくるのも遅くて、閣議後の記者会見をすっぽかしたこともあったらしい。たいした発表もなかったので問題にならなかったが、明らかに始末書もんだね」

数か月前の出来事を思い出しながら、倉田は沈痛な表情で続けた。

「その翌週の月曜日の朝だったと思うけど、朝、起きられなくなったそうだ。そのときは、もうまっとうにしゃべることすらできなかったらしい。それで、奥さんが車を運転して近くのクリニックに行った。そしたら神経科に行きなさいと言われ、大学病院に行って、そこで即入院となった」

悠木も、水島が入院したことは知っていた。倉田と見舞いに行こうという話もした。だが奥さんに、「今はちょっと、面会をお断りしています」と言われて諦めた。その後、水島には一度も会っていない。

倉田は一度だけ、病院近くの喫茶店で奥さんと話したことがある。経済部長に、「水島の様子を見てきてほしい」と頼まれて病院に行ったのだ。

水島の病名は双極性障害だった。東西運輸の山田とまったく同じである。奥さんによると水島は、躁状態は比較的軽くてうつ状態がかなり深刻だった。その奥さんも、看病やつれが顔に滲んでいた。

「主人は精神的に落ち込んでいて、希死念慮（きしねんりょ）というのでしょうか、毎日死ぬことばっかりを考えています。頭の中を、自分でコントロールできないようです。自分の人格とまったく違うもう一人の自分が頭の中にいて、お前はずるい、無責任だ、卑怯だ、卑劣だ、弱虫だ、生きている資格がない、早く死ねって、言われ続けているようです」

奥さんの声は暗く沈んでいた。倉田は黙って聞くしかなかった。

「その勢いに押されて、本当の自分、本来の自分の存在がどんどん小さくなっていく。このごろは、もう一人の自分が本当の自分だと思い込むようになっていました。何とか、もう一人の自分を頭の中から追い出そうとしているようですが、逆に本当の自分がどんどん抑え込まれちゃうみたい」

これも葛藤というのだろうか。倉田は静かに奥さんの話に耳を傾けた。

「死に神に取り憑かれたのでしょうね、自殺願望がどんどん強くなっています。だから、片時も目が離せません。逃げ場もなければ、考えないようにすることもできない。頭の中で、もう一人の自分が、死ね、死ねって叫び続けているようです」

倉田の話を聞きながら、悠木は双極性障害の恐ろしさを実感した。

「真っ暗な井戸に落ちて、這い上がろうともがいている。だけど、出口が見つからない。そんな状態だと思います。主人にとって今は、生きていることそれ自体が地獄なんだと思います」

水島の苦しみは奥さんの苦しみだった。死にたい、死にたいと叫ぶ夫の声を聞いている奥さんのことを想像するだけで、悠木は胸が苦しくなった。

そんな水島が、ある日突然、頬に紅がさしたように表情が明るくなった。奥さんによると、水島はその日、

「頭の中で急に回路がつながったような気がする。死ね死ね軍団がいなくなった。もう一人の自分が今日は出てこない」

と、明るい表情で話したという。

「こういうことはよくあります。脳の機能が何かの理由で瞬間的に回復するのです。これがきっかけで、うつ状態を脱却する患者もいます。ご主人の場合もそうなるといいですね。だけど、安心しないでください。これが一時的な回復にすぎないこともあります。もう少し様子を見ないとなんとも言えません」

そう話したのは主治医の野々村一彦医師である。それでも水島は、この日を境に少しずつ症状が回復に向かった。そんな状態が二週間ほど続いたある日のこと、主治医が、

「だいぶよくなっています。試しに、自宅療養に切り替えてみましょう。明日退院して、一週間自宅で療養してください。そして、一週間後にご主人を連れてきてください。その先は結果を見て考えましょう」

と言った。

水島にとっては久しぶりの朗報だった。言うまでもなく、精神病棟での生活には馴染めなかっ

た。ベッドで横になっている時間が長い。昼は体がだるくて眠気がつきまとう。夜は逆に眠れない。真っ暗闇のなかで「もう一人の自分」が活発に動き回る。その繰り返しだった。

一週間とはいえ、そんな生活からおさらばできる。それだけでも気分が少し楽になった。

退院の日、奥さんが夫のあとから病院を出ようとしたとき、野々村が小声で奥さんに話しかけてきた。

「症状は改善していますが、安心しないでください。双極性障害の患者は回復に向かうときが一番危ない。自殺する確率が高いのです。病状が重いときに患者はよく死にたいと口にしますが、そういうときは死ぬ力もありません。症状が回復すると体力も回復します。その回復過程で、何かの弾みで気持ちが落ちることがあります。そのときが一番危険です。突然、屋上から飛び降りたり、車に体を投げ出したりする。だから、できるだけご主人から目を離さないようにしてください」

奥さんは明るい声で、「分かりました」と言った。野々村に軽く頭を下げて夫の後を追った。

久しぶりに自宅に帰って、水島の表情が明るくなった。最悪のときには過呼吸に襲われ、身体中の神経が時々痙攣した。歩いていてもすぐに倒れる。階段の上り下りはとくに気を遣った。水島が階段を利用するときは、できるだけ奥さんも付き添うようにしていた。

そんな心配も杞憂かと思いはじめたある日、水島は高校時代の友人に会うと言って家を出た。駅前の喫茶店で一時間近く話をして帰ってきた。二人の間でどんな会話があったのかは分からないが、帰って来た水島の表情は暗く、塞ぎ込んでいた。

「何かあったの？」

奥さんが聞いても、「ああ」と消え入るような声で言うだけで要領を得ない。そのうちに水島は、「もう終わりにしたい」と言って泣き出したという。

再び悪いときの状態に逆戻りした。考えてみれば、半年近くにわたって水島はこんなことを繰り返していた。良くなったかと思うと、何かのきっかけで急に落ち込む。そのあと、苦しい闘病生活がはじまる。いつ終わるともしれない闘病の日々。一条の光も見えないトンネルの中で、もう一人の自分が「死ね、死ね」と囁きかけてくる。

塞ぎ込む夫に向かって奥さんは、

「一日早いけど、明日、病院に戻りましょう」

と言った。水島も分かっているのだろう。抵抗する様子も見せなかった。

翌日の昼食後だった。奥さんが回覧板をもって隣の家に行って話し込んでいた隙に、水島は八階のベランダから身を投げた。

「あいつは親分肌で、豪快なやつに見えたけど、内面は繊細で生真面目だったと思う。仕事では、一切手抜きをしなかった。むしろ、やりすぎと言ってもいいぐらいだ。大臣の出張や他部との打ち合わせなど、誰かに任せればよかったのに、全部自分でやらないと気が済まないやつだった。体力や気力の限界を超えて仕事をしてしまった。体が壊れる前に神経がやられちゃったんだ。バカだよ、もっと気楽に仕事をすればよかったのに」

水島をなじるように倉田が言った。

悠木は言葉が出てこなかった。ただただ信じられなかった。今まで会うたびに冗談を言ったり、愚痴を聞いてもらったりしていた相手がこの世から姿を消してしまった。その事実がたまらなく悲しかった。

(どうして、自ら命を絶ったのだろう?)

頭の中で答えの見つからない問いを繰り返していた。そして、自分に言い聞かせるように、倉田に向かって言った。

「結局、あいつは仕事が好きだった。それ以上に仕事が生きがいだった。その仕事ができなくなった自分が許せなかったのだろう」

二人は黙ったまま、そのあとも長い間、喫茶店にいた。

水島が亡くなって五か月が過ぎた。ようやく、心の傷も癒えようしていた。気が付けば、周囲には秋の雰囲気が漂いはじめていた。ものすごい勢いで変化する世の中の動きに流されながら悠木は、時間はあっという間に過ぎていくものだと感じていた。

担当しているAIや脳科学など、最先端分野の変化も凄まじかった。イギリスの会社が開発したベータ碁が、世界最強のプロ棋士に勝ったのが昨年の三月。この年に本格的にはじまった自動運転自動車の開発競争は、二〇二〇年代初頭の完成を目指していた。科学部の記者である悠木ですら、「そんなことは絶対無理」と高をくくっていた。悠木だけではない。大半の自動車メーカーですら、レベル5の完全自動運転車が完成するのはもっと先だろうと考えていた。

その自動運転車の試験走行が、この年に一般道路ではじまっている。あと数年もすれば、日本中、いや世界中で自動運転車が街中にあふれることになるかもしれない。これらの技術を裏で支えているのがAIである。AIが大きな顔をして、われわれの生活のなかに入り込んできた。その浸透力の早さに、悠木はある意味不気味なものを感じていた。

部長の藤平周平が部屋に入ってきて、科学部の部会が定刻どおりにはじまった。幹部の人事異動など会社の現況について簡単な説明があったあと、本題に入った。

「今日の議題は来年の新年企画についてです。八月に関係部局が集まった最初の全体会議で、来年の新年企画はＡＩやロボット、ビッグデータ、脳科学など最先端技術を柱にすることが決まっています。わが部としても早急に出稿予定をまとめ、今月末に行われる全体会議までに提出する必要があります。とりあえず今日は、フリートーキングということで集まってもらいました」

毎年のこととはいえ、新年企画が動き出すのは早い。九月になって猛暑日はなくなったが、まだ夏の残影が残っている。出席した記者たちにも、年明けの新年企画に切実感がない。最先端技術が企画の柱だから、科学部がかなりの負担を強いられることは間違いない。そんな思いを抱きながら、フリートーキングで記者たちは思い思いに自分のアイディアを口にした。

「それじゃ、今日みなさんからうかがった意見を参考にして、デスクサイドで具体的な企画案をつくることにします。一〇月中旬までには、詳細な出稿計画や取材担当者を決める必要がありますす。いずれにしても、科学部が総力を挙げて取り組むことになりますので、よろしく！」

一時間弱で会議は終了した。同僚の記者と軽く飲む約束をして、帰り支度をしているところに部長が寄ってきた。

「悠木、ちょっと相談があるが、いいか？」

「はい、何でしょうか。少しぐらいなら大丈夫です」

「新年企画で、未来社会のルポルタージュをやりたいと思っている」

「ルポルタージュですか……。面白そうですね。未来に取材に行くっていうことですよね」

「そういうこと。で、君、それをやってくれない」

「えっ、僕ですか！」

　悠木は少し考えるふりをした。

（なんだ、もう企画の中身は決まっているのか。フリートーキングなんて必要なかったわけだ）

　ちょっと皮肉を言いたかったが、それを口にすることはなかった。

「いいですよ、やります。出張費、出ますかね」

「ああ、ちゃんと出すから領収書もらってこいよ」

（領収書？　どこでもらえばいいんだろう。それより、どうやって未来に行けばいいのかなあ。未来って、どの未来、一〇〇年先、二〇〇年先、それとも五〇〇年先。どのぐらい先がいいかなあ。一〇〇年先じゃ近すぎるし、五〇〇年先はちょっと遠いか。やっぱり、二〇〇年先ってとこか）

　そんなことを考えながら、何となくおかしくなってニヤニヤした。

「何がそんなにおかしい」

　訝しげに部長が悠木に声をかけた。

「領収書をどこでもらえばいいかと考えていました。未来に行く電車も飛行機もまだありませんしね」

「そんなことは考えるまでもない。交通手段も領収書もお前の頭の中にある。頭を使えよ、頭を」

そう言って、自分の頭を数回右手の人差し指で突いた。科学部長の藤平は、時々こうやって部下をからかう。

部下の反応には二つのタイプがある。シュンとなって反論できないまま、「そうですね」と曖昧に相槌を打つタイプと、悠木のように「どうやって頭、使うっすか、頭突き、頭を振る、頭を下げる、どれがいいっすかね」と、おどけながら答えるタイプの二つだ。

これまでの経験からすると、後者のほうがいい記事を書く。悠木のおどけた素振りを見ながら藤平が言い足した。

「とにかく、ちゃんと未来に行ってこいよ。時間はそんなにあるわけじゃない。準備は早めにはじめること、頼むよ」

それだけ言って、藤平は編集局に戻っていった。


部長が去って、会議室は悠木一人となった。ＡＩや脳科学といった最先端分野を取材しながら、科学技術がもっている負の側面に焦点を当て、警告めいた記事を書いたことは何度かある。しかし、一〇〇年後、二〇〇年後の未来がどうなっているか、その具体像に迫ろうとしたことはない。

昨年、ベータ碁に関連して「ＡＩの脅威」に触れた解説記事を書いた。最先端の科学技術には、プラスの側面とマイナスの側面がある。そうした技術がつくり出す未来社会がどうなっているのか、自分でも興味が湧いてきた。

同僚との飲み会が終わって帰宅したのは夜中の一二時過ぎだった。いつものことながら、家族はすでに寝入っている。風呂に入ってから身体を布団に滑り込ませた。

酔いの回った頭で「未来社会のルポルタージュか……」と何回か繰り返しているうちに、寝入ってしまった。

# 4　タイムホール

大手町にある日本最先端技術研究開発機構の取材を終えて、悠木は帰るところだった。超高層ビルの三五階でエレベーターに乗って、地下鉄とつながっているB1のボタンを押した。ほかに搭乗者はいない。大きな空間に一人、エレベーターの中が広く感じられた。

ドアが閉まって数秒後のことだった。小さな振動があった。

地震かなと思ったが、揺れはすぐに収まった。代わりに体がスーと奈落の底に落ちていくような、墜落していくような感覚に襲われた。車に乗っているとき、ちょっとした登り坂を乗り越え、急な下り坂に入ったときに感じるあの感覚だ。

時間にしてほんの二、三秒だったと思う。気が付いたとき、悠木はエレベーターの中ではなく広いエレベーターホールに立っていた。

ここはどこだろう。地下鉄につながるB1のエレベーターホールではない。別の所だ。しかも、地下ではない。かなり高層の階にいるようだ。ホール内をキョロキョロしながら歩いていると、会議室という表示があった。ちょっと開けてみると、中には大勢の人が集まっていた。何かの会議がこれからはじまるようだ。入ろうか入るまいか逡巡していると、

「どうしました。入りますか、入らないんですか？」

と、見知らぬ人が声をかけてきた。

「いや、あの、ちょっと、あのすみません。ここはどこですか？」

しどろもどろに尋ねた。

「あなた、会議に出席する人でしょ。スーツ姿なんて珍しいね。働く会のメンバーですよね」

怪訝そうな顔をして、逆に聞き返してきた。すらっとスリムで、顔色はあまりよくない。タートルネックのような薄手のシャツを着ているが、どことなく雰囲気が普通ではない。相手の顔色を探りながら、

「ちょっと迷ったみたいです。ここは何というビルでしょうか？」

と聞いてみた。相手は、妙な奴だなという目つきをしている。

「ここは中央区域調整ビルですよ。どこに行こうとしているの？」

「地下鉄の連絡通路に行くにはどうすればいいんでしょうか。日比谷線に乗りたいんです」

悠木の返事はごく普通のものだった。

「地下鉄、日比谷線、何ですかそれ。何を言っているの。地下鉄なんてどこにもありませんよ。

ちょっとここで待っていてください。担当者を呼んできますから、ここにいてくださいよ」

それだけ言って、その人物は会議室の中に消えていった。

しばらくすると、別の人物がやって来た。

「どうしました。私はSQ35215と言います。なにかお困りですか？」

「いえ、あの、ちょっと変なんです。知らない所に来てしまったようで……。地下鉄の連絡通路を探しているのですが、どこにも見当たらないんです」

「地下鉄ですか……あの地下を走る電車のことですか。それなら二二世紀の後半にすべて廃止されましたよ。ほとんどの人がオートカーかヘリロンで移動している現在、地下鉄を知っている人なんてどこにもいませんよ」

「えっ、二二世紀後半に廃止された……」

すぐには理解できなかった。

(ということは、今は二一世紀じゃないということ？　何、何、何？　どういうこと？　ひょっとしたら、俺は未来にタイムスリップしたのか？)

と、自問をしてみたものの、(そんなバカなことがあるはずはない！)と、頭の中で強く否定した。

「あの、変なことをうかがいますが、今は西暦で何年ですか？」

悠木の問いにSQ35215も眼を白黒させながら、

「ひょっとして、あなた悠木さん？」

と聞き返してきた。

「えっ、どうして私の名前を知っているの？」

思わず聞き返してしまった。

「いや、ちょっと、何というか、思いつきで言っただけです。今朝読んだ歴史の本に、悠木という人が出てきました。この人が二一世紀の人だったので、つい口に出してしまいました。あなたは、もしかすると過去から来た人じゃないですか？」

「過去から来た？　あの、よく事情が飲み込めません。今は西暦で何年の何月ですか？」

同じ質問を繰り返した。

「今ですか、今は西暦二三一七年八月二〇日です」

そのあとすぐに、「あなたの存在時空はいつごろですか？」と逆に聞き返してきた。

「存在時空？　私のいた時代ということですか……」

「そうです、あなたの生活していた時代です」

「存在時空と言われてもよく分かりませんが、私はついさっきまで、つまり二〇一七年九月一五日ですが、取材をしていました。取材が終わったあと、午後の三時をちょっと過ぎたころだと思いますが、取材先でエレベーターに乗りました。そのあと、気が付いたらここにいたというわけです」

「なるほど、二〇〇〇年前ですか、そうですか……」

SQ35215はちょっと訝るような仕草をした。それからおもむろに言った。

「あなたは、多分、タイムホールに落ちたのだと思います。事情は分かりました。心配はいりません。私が責任をもってあなたの面倒を見ましょう。ただ、私はこれから会議に出なければなりません。申し訳ありませんが、しばらくここにいてください。そんなに時間はかからないと思います。とりあえず中に入って、会議が終わるまで待っていてください」

それだけ言うと、SQ35215は会議室に入っていった。

細長いテーブルを囲んで向かい合う人たち。そのうしろには、待機する大勢の人がいた。時間は午後の三時半過ぎだった。高層ビルの一室だろう。窓の外には林立するビル群が広がっている。空は抜けるように青い。反対に、室内の空気は何となく淀んでいる。司会とおぼしき人物が、時計を見ながらマイクらしきものを握っている。

「定刻になりましたので、これから調整会議をはじめます。まず、『みんなで働く会』を代表してGH33481さんから要求項目について説明をしていただきます。では、お願いします」

「GH33481です。簡単に、われわれの要求についてお話しします。二一世紀の前半にはじまり、二二世紀に入って本格化したＡＩロボットやクローン人間の普及によって、われわれ人間は労働現場から排除されるようになりました」

周りから「そうだ、そうだ」という声がかかる。GH33481は会議室の空気を振動させそうな大きな声で続けた。

「二二二六年一二月末現在、昨年末ということですが、人間の就労者数はわれわれの集計で人口全体の一パーセント弱にとどまっています。昨年末の日本の総人口は六六七五万人ですから、一パーセントとなると、働いている人間の数は六六万人に過ぎません」

GH33481は一段と声を張り上げた。大きなテーブルを挟んで向こう側に並んでいる人々の表情にまったく変化はない。SQ35215も反対側の隅のほうに座っている。

「それも、大半は生産現場ではありません。ＡＩロボットのアシスタントやサポーター、ロボットと人間のつなぎ役であるブリッジャーなどです。工場など、現場労働に従事する人間は数えるほどしかいません。その昔、人間は働くことに生きがいを感じていました。われわれが就労機会の拡大を求めているのは、単に働く場所を求めているというだけではありません。生きがいを求めているのです」

大きな拍手が起こった。会議の様子を眺めながら悠木は、GH33481が発した「生きがい」という言葉が妙に気にかかった。

悠木にも、これといった生きがいがあるわけではない。それでも科学記者としていい記事を書きたいと思っているし、いろいろなことに興味を感じている。ところが、GH33481という人は「生きがいを求めている」と大きな声で要求している。ということは、「彼には生きがいがない」ということか。うしろの席で拍手している人たちも、彼と同様、「生きがい」を求めているのだろうか。

(生きがいって、誰かに要求するものなのか。ベアとか労働時間の短縮とか、われわれが団交で求めるのは経済的な要求でしかない。その先に、それぞれの生きがいがあるのだろうが、生きがいそのものを経営者に要求するのはちょっと筋違いじゃないか)

そんなことを考えながら、双方のやり取りを聞いていた。

目の前で繰り広げられている光景は労使の団交のようだ。こちら側にいるのが労働者側の人間で、向こう側にいるのは経営者側なのだろう。しかも、要求内容は悠木の知っている労使交渉とは真逆だ。「みんなで働く会」の代表が経営者側に向かって「働かせろ」と要求しているのだ。

「これが二三世紀の現実なのか?」

何かが変だと思いながら、小さな声でつぶやいた。

二〇〇年の時を経て、世の中の構造は天と地がひっくり返ってしまったのだろうか。交渉を眺めながら、言葉では言い表せない衝撃を受けていた。

司会者が、今度は経営者側の代表と思われる人物に発言を促した。

「中央区域調整官です。みなさんのお話はよく分かりました。要求項目は、一旦持ち帰らせていただきます。工場経営の責任をもっているＡＩロボットＢ級のみなさんと協議したうえで、後日回答いたします」

このあと、働く会のメンバーと調整官の間で二、三のやり取りがあって会議は終了した。

SQ35215が調整官と言葉を交わしたあと、まっすぐ悠木のほうに向かって歩いてきた。

「どうもお待たせしました。ご覧のとおりです。交渉は単なるセレモニーです。働く会の要求は何一つ実現しません。そのことは、メンバーのみなさんも分かっています。それでも交渉したということが、彼らにとっては大事なことなのです。変だと思いませんか？」

「よく分かりませんが、どうしてゼロ回答なのでしょう？」

調整官と呼ばれた人の発言を思い出しながら悠木は聞いてみた。

「ＡＩロボットに比べると人間はミスが多いのです。作業時間も切れ切れですし、時々休憩を挟まなければなりません。それに対して、ロボットは二四時間、三六五日、無給で休むことなくノーミスで働いてくれます。生産効率という点で、人間はロボットにはかないません。工場の責任者で、人間を現場で使ってもいいと考えている者は一人もいないと思います。調整官は工場の責任者と協議すると言っていますが、そんなことはしません。後日、勝手にゼロ回答をするだけです。働く会のみなさんも、薄々承知はしているのです」

「え、それで、調整官は人間ですか？」

「いや、今日の会議で経営者側として出席している人間は副調整官と私だけです。あとはＡＩロボットとクローン人間です。調整官はＡＩロボットのＢ級です」

「ロボットにランクがあるの？」

「Ａ級からＥ級まで五段階に分かれています。質と機能によって、明確にランク付けされているのです」

「ちょっとうかがいますが、ロボットは自分で努力してランクを上げることができるのですか？」

「そういうロボットもいないわけではありませんが、基本的には、ランク別に質と機能が異なるロボットが生産されています。ロボットの生産に人間も多少関与していますが、大半はＡ級ロボットだけで行われています」

「Ａ級というのは、どんな仕事をするロボットですか？」

「たとえば、自動車メーカーの社長とか役員、そのほか管理職クラスの人たちです。調整官も、上のほうに行くとＡ級じゃないとダメです。悠木さんの時代に政治家とか官僚と呼ばれていた人たちの役割を担っているロボットはみなA級です」

「人間はトップにはなれないのですか？」

「なれないという決まりはありません。だけど、二四時間、三六五日は働けないでしょう。どんなに優秀な人間でも、質や機能、能力、いずれをとってもロボットにはかないません。仮に『やれ』と言われても、普通の人は辞退します。もっとも、そんなケースをこれまで聞いたことはありませんが」

「クローン人間にもランクがあるのですか？」

「クローンはもともと優秀な人間からしかつくられませんから、どのクローンもみなB級クラスの能力をもっています。この時代は、クローンのほうが一般の人間よりは優秀だということになっています」

「ロボットも、クローンも、人間も、外見的にはまったく区別がつきませんね」

「クローンと人間を見分けるのは難しいかもしれませんが、ＡＩロボットは皮膚の色を見ればすぐに分かります。ＡＩの知的能力は人間の比ではありませんが、皮膚の細やかさはいまだに人間に追いつけません」

ここまで聞いて、悠木は暗澹（あんたん）たる気分になった。

藤平部長の新年企画原稿の指示が「未来社会のルポ」であることを思い出した。だが、人間が排除されている二〇〇年後の未来社会を、どのように記事にまとめればいいのだろうか。それに、企画は一年のうちで一番希望に満ちた日に読まれる。未来はこんなに素晴らしい社会だ、今は大変でも未来には「夢も希望もある」、そこが企画のポイントになるはずだ。

しかし、未来社会では人間はロボットに管理され、排除されている。まるで映画で見た『猿の惑星』のようだ。これじゃ、企画の意図に反することになる。

悠木は訴えるような気持ちで聞いてみた。

「SQ3……5……215さん、会社でも、政治家でも、役所でも、人間は主役にはなれないのでしょうか？」

名前を言い淀んだ悠木に同情したのか、

「悠木さん、私には山野というニックネームがあります。呼びづらいでしょうから、私を呼ぶときはニックネームでいいですよ」

と、SQ35215は助け舟を出すように自分のニックネームを教えてくれた。

「この時代の人間は、名前に相当する記号とは別にみんなニックネームをもっています。ただし、これは単なる呼称にすぎません。公式にはまったく通用しませんから、それだけは覚えておいてください」

そう言ってから、山野は話を本題に戻した。

「この社会のトップクラスには人間もいますよ。たとえば、自動車会社の会長や顧問といったクラスです。ただし、彼らはみんな名誉職です。実権はまったくありません」

「私の時代にも、名誉会長とか名誉顧問といったポストがいっぱいあります。ＡＩロボットも、その辺は見習っているわけだ」

「見習っているというよりは、ＡＩロボットをつくったのは人間ですし、彼らは生みの親である人間に敬意をもっています。いつの間にか子どものほうが親より優秀になってしまったわけですが、それでも人間に対する敬意は変わっていません。人間から実権を奪い取ってしまったというだけです」

「人間を立てている。尊敬している。それを聞いてちょっと安心しました」

悠木はそう答えながらも、胸のなかでは、（人間は、自分でつくったロボットに支配されるようになってしまった）と、何とも悲しい気分にとらわれていた。

だんだん不安気な表情になる悠木を見て、山野は自宅に連れていくことにした。山野と一緒に彼の自宅に向かおうとしてオートタクシーを待っているときだった。山野が眉間を曇らせて声をかけてきた。

「悠木さん、大変です。あなた、指名手配されました」

「え、指名手配⁉」

何のことか分からないまま、山野のほうに視線を向けた。

「さっき、私より先にＡＩロボットと話しましたよね。彼が、あなたのことを調整官に密告したようです」

「密告って……彼には、地下鉄に行く道を聞いただけですけど」

「それですよ、それで彼は変だと感じたようです。調整官に、異次元空間からの侵入者がいたと密告したようです」

「私はどうすればいいのでしょうか？」

「とりあえず、タクシーに乗ってください。三〇分ぐらいで私の家に着きます。妻には話しておきます。私は調整官に呼ばれていますので、あとからすぐに行きます」

どぎまぎする悠木の前に一台の車が止まった。

「どうぞ乗ってください」

機械的な声とともにドアが開いた。調整官に呼び戻された山野は、不安気な顔で悠木を見送った。

「それでは出発します。行き先は郊外4―13―12、SQ35215さんの自宅です。なお、この通行記録は利用者の要請によってデーターベースへの格納を行いません。では、出発します」

車が静かに走り出した。広い車内には、テーブルを挟んでソファが置かれている。沈むようなクッションは乗り心地がいいし、振動もほとんどない。車内はことのほか静かだ。二一世紀の車に比べると、とても車とは思えない。応接室のような雰囲気だ。

外を見ると、カラフルな車がいっぱい走っている。形は千差万別。すべてが電気自動車なのだろう。走行時の騒音はほとんど聞こえない。

自動運転だから、一定の間隔を保って車列が整然としている。なかには、前の車を追い越していくものもある。進路変更ランプが点灯すると、走行車線を走っている車が道を譲るようだ。スムーズに進路変更が行われている。

空にはドローンだろう、荷物を吊り下げて飛んでいる飛行体が見える。まるで、鳥が荷物を運んでいるようだ。これも自動操縦なのだろう、人が乗っている気配がない。というか、小さすぎて操縦者が乗るようなスペースがない。

その横を、ヘリコプターのようなものが飛んでいる。ちょっと小さめだが、なかには人が乗っているものがある。これがヘリロンか……悠木は飛び去るヘリロンを目で追った。

道路そのものは二一世紀と変わっていないようだ。空中に何重にも重なって高速道路が広がっている未来都市を想像していたが、どうやらそうではないようだ。

「みんなで働く会」の代表が言っていたが、二一世紀に比べて人口が半減しているのだから交通量も減って当然だろう。窓から見るかぎり渋滞はなさそうだし、車の量もそんなには多くない。

猥雑な二一世紀よりは、はるかに落ち着いた感じがする。

「何かお飲みになりますか？」

車内で声がした。自動運転車だから、車内には悠木しかいない。

「私は会話ロボットです。困ったことがあったら何でも言ってください。SQ35215さんに電話することもできますよ。テレビを見ますか？」

「あ、いや、じゃ、コーヒーはありますか。ホットでお願いします」

「ミルクと砂糖は入れますか？」

「あ、ミルクだけお願いします」

（コーヒーの味も進化しているのだろうか）

そんなことを考えながら待っていた。

姿の見えない相手との会話は、最初、奇妙な感じがした。AIスピーカーやアイフォンに搭載されたSiriと会話する感覚だ。

しばらくすると、右横の壁面が開き、中からコーヒーが出てきた。そして、左サイドの壁面に収納されていたアームが出てきて、コーヒーをテーブルまで運んでくれる。

あっけにとられながらコーヒーを飲んだ。砂糖は入っていないが、甘くてマイルドで、苦味や酸味はほとんどない。味は二一世紀とほとんど変わらない。技術は進んでも味覚は変わらないのか。初めて飲んだ二三世紀のコーヒーは、二一世紀の人間にも十分飲めそうだ。

「あと一五分ほどで着きますが、音楽でもかけますか？」

「はい、お願いします」

会話ロボとの対話にも少しずつ慣れてきた。

「何をかけますか？」

「そうですね、今、一番ヒットしている曲をお願いします」

「分かりました。では、TAMASHIIという女性歌手が歌っている『それでも私は生きていく』という曲をかけましょう」

ゆっくりしたテンポで曲がはじまった。透き通るような綺麗な声だったが、窓の外に広がる透明で抜けるような青空とは打って変わって、歌詞もメロディーも暗かった。

恋人が自殺でもしたのだろうか。


♪夜空で輝く希望の星が、ある日、突然消えってなくなった

こんな内容の歌詞が続く。

♪なぜ、どうして、必死で問いかけるが誰も答えを教えてくれない
♪心のなかに広がる闇
♪あなたのところに行きたいと思いながら

TAMASHIIは、声を絞り出すようにして最後のフレーズを歌う。

♪それでも私は生きていく

さっきの会議でGH33481が言った「生きがいを求めているのです」という言葉を思い出した。何かの偶然でこの世界に紛れ込んだ悠木は、二〇〇〇年先の未来社会を覆っている、湿り気を帯びた暗く沈んでいくような空気を感じていた。

光り輝く青い空、自動運転車の乗り心地は快適なものだ。それに似合わない歌詞とメロディー、どことなくアンバランスだ。

しばらくすると車が静かに止まった。若草色の外壁に焦げ茶色のドアが似合う玄関で、山野の奥さんだろうか、白地にピンクの水玉模様をあしらった日傘を差した女性が立っている。

「お疲れさまでした。SQ35215さん宅に無事到着いたしました。お忘れ物のないようにお降り

ください」

「料金はどうしたらいいのですか？」

無人の室内に向かって悠木は聞いてみた。

「SQ35215さんの口座で決済されます」

会話ロボットが丁寧に答えた。そして、ドアが静かに開いた。

「山野の妻です。よくいらっしゃいました」

すらりとした、顔立ちのよい美人が日傘を差しかけながら言った。

「山野から聞いております。さあ、どうぞお入りください」

促されて、玄関に入った。

「はじめまして、悠木と言います。どう言ったらいいのか分かりませんが、山野さんの指示でこちらに伺いました。ご迷惑をかけているような気もしますが、よろしくお願いします」

とりあえず、それだけ言った。

広々とした玄関を通り抜けると居間があった。促されるままにソファに腰を下ろし、部屋の中を見回した。だだっ広い空間にソファとテーブルが置いてあるだけで、あとは何もない。テレビもなければ家具もない。壁には、額に収められた高そうな絵が飾ってあった。スイスのマッターホルンのようだ。写真のような精緻な筆づかいで描かれた風景画だ。写真で見た山の姿とほとんど変わらない。その絵を除くと、部屋全体は殺風景なものだ。

「何かお飲みになりますか？」

車内で会話ロボットから聞いたフレーズだ。ひょっとして、奥さんはＡＩロボットなのだろうか。それにしては目元がすっきりしていて、顔や手はもち肌のように白くてキメが細かい。

「先ほど車の中でコーヒーをいただきましたから結構です。それにしても、オートタクシーってすごいですね。これなら、出掛けるのも楽しいでしょうね」

遠慮がちに言ってみた。

「外見上は楽しそうに見えるでしょうね。でも、すべて監視されています。どこへ行っても何を買っても、何をしたか、監視ロボットがすべて把握しています。ロボットとはいえ、見られているというのは気持ちのいいものではありません」

「通行記録はデータベースに格納しないって、さっきのタクシーは言っていましたが……」

「主人が手配すれば可能なのですが、私にはできません。すべて記録されてしまいます。私たち人間のなかにも、気にしない人が結構います。しかし私は、どうしても気になって仕方がないの。血筋かもしれませんが……」

奥さんの先祖には、高名な歴史学者で個人情報保護の活動家がいたという。そんな血を奥さんも受け継いでいるのだろう。

「主人からの連絡だと、中央区域調整機構の調整官が上部団体の広域調整機構の調整官に、異次元空間から不審者が侵入した可能性があると報告したそうです。広域調整機構が動き出すと、侵入者の探索が組織的にはじまります。すでにはじまっていると思いますが、こうなると、宇宙空間にある監視カメラや区域調整機構のものよりも性能の高い犯人探索ロボットが動き出します。彼らは、必ず標的を捕まえるでしょう。捕まってしまうと面倒なことになります。主人は、何とかそれだけは避けたいと言っています。今、裏の連絡網を使っていろいろと手配中です。あなたが主人と会話したことはすでに区域調整官の耳に入っていますから、この家は危険だと思います。しばらくしたら別の所に移動してもらいますが、主人から連絡があるまではここにいてください」

不安になってきた。何が何だか分からないまま、次から次へと事態が動いていく。

「テーブルの上にコントローラーがあります。それで、家のことはすべて操作可能です。私はちょっとお隣に行ってきますので、しばらく時間を潰していてください。それから、誰が来ても玄関は開けないでくださいね」

テーブルの上にあったコントローラーを手に取ってみた。記号と絵が書いてあるだけで、文字が一つもない。蛍光灯のようなボタンを押してみた。天井がポッと明るくなった。もう一度押すと消えた。

その横にある、♪印が付いているボタンを押してみた。今度は、正面の壁の右側にコンポのような画像が浮かび上がる。それに付随しているパネルには、いくつもの記号が書いてある。

コントローラーでも操作ができる。その一つを押すと音楽が流れ出した。選曲用のボタンもあって、クラシック、ジャズ、ポピュラーなどが自由に選べるようだ。

ポピュラーを押してみた。車の中で聞いたTAMASHIIの曲もあった。今は音楽を聴く気にはなれなかったので、逆にたどってコンポを終了させた。

真ん中にある四角いボタンを押してみる。正面の壁の中央にテレビが現れた。コントローラーの選局ボタンを押してみる。画面が次々に変わる。テレビ局はいくつもあるようだ。そのなかの一つにニュース専門チャンネルがあった。

「先ほど、中央区域調整機構の報道官が記者会見を行いました。午後三時半過ぎに、異次元空間からと思われる不審者がこの地域に不法侵入したもようです。侵入地は中央区域調整機構ビルです。目撃者の証言によりますと、侵入者はオートタクシーを呼んで、トタヨモラカの本社方面に向かったようです。先ほど、区域調整機構の調整官が同機構に所属する犯人検索隊ロボットに出動命令を出しました。侵入者は紺のスーツに身を包んでいます。見かけた方は、広域調整機構または最寄りの区域調整機構に連絡をしてください。繰り返します……」

それだけを聞いて、テレビのスイッチを切った。犯人探索隊、何やら聞きなれない名称の部隊に出動命令が出たという。これが、先ほど奥さんの言っていた探索ロボのことか。出動命令とは大袈裟な気もするが、事態は尋常ではないようだ。さりとて、ここは二三世紀である。右も左も分からない。とにかく、山野さんの好意にすがるしかない。そう思っていると奥さんが帰ってきた。

「主人と直接連絡するとあなたとのことがすぐに区域調整機構に把握されてしまうので、隣の奥さんの情報端末を借りて主人と話をしました。主人も完全に疑われているようです。自由に動けなくなっています。それで、とりあえず、ここから車で二〇分ほど行った所にあるメンタルクリニックに行くことにしました。申し訳ありませんが、すぐに出発します。タクシー乗り場まで歩いていって、そこでオートタクシーに乗ることにします。タクシーを呼ぶとあなたのことが把握されてしまいます。私も一緒に行きますので、すぐに出ましょう」

「このままの格好でいいですか？」

ニュースで言っていた「紺のスーツ」のことを話した。奥さんはちょっと考えていたが、「そうですね。ちょっと待ってください」と言って奥に消えた。しばらくすると、

「悠木さん、あなたの身長とウエスト、胸囲を教えてください」

という声が飛んできた。言われたとおりに自分のサイズを答えた。

「大至急お願いします！」と話す奥さんの声が聞こえた。

「どのくらいかかりますか？」

「……」

「分かりました、じゃ、待っています。できるだけ早くお願いします」

　奥さんが戻ってきた。

「ちょっと二〇分ほど待ちましょう。あなたのサイズに合うカジュアルウエアが一着だけあったの。すぐに届けてもらいますから、それに着替えてください」

「すぐに来るんですか？」

「モノがあれば、配達には時間はかかりません。ドローンが自動で配達しますから」

　それを聞いて、二一世紀にパンクしそうになった物流のことや、東西運輸の財部社長や山田のことを思い出した。ネット通販が急拡大して配達が追いつかなくなったのだ。トラックの運転手も配達人も不足していた。それが、この時代には解消されている。二〇〇年先の世界は、最先端技術を使って物流のボトルネックを完全に解消したのだ。

　物流は滞ることなくスムーズになった。だが、その代わり人間は仕事を失い、生きがいをなくした。どっちが幸せなのだろうか、悠木は分からなくなっていた。それにしても、注文してから二〇分で届くというのはアンビリーバブルだ。想像を絶する進化である。

　玄関でチャイムが鳴った。宅配便にしては早すぎる。奥さんがコントローラーで玄関の画面を呼び出した。犯人探索隊とおぼしきロボットの姿が写っている。

「何でしょうか？」

「この区域に不審者が侵入したらしいのです。何か変わったこと、異常はありませんか？」

「いや、とくに変わったことはございません……」

奥さんが答えると、探索隊は「ちょっと中を確認していいですか？」と、毅然とした声で言った。

「あの、これから出掛けるところで、今、着替えているところなんです」

「不審者の確認だけです。時間はかかりません」

「あなた、女性の気持ちが分からないの。今、着替え中なの……」

「分かりました。じゃ、ほかを回って、あとでまた来ます」

そう言うと、ロボットは隣の家に回った。

「また来るわ、どうしましょう。隠れる所もないし、その格好ではすぐに不審者だと分かってしまう。あっ、そうだ！」

そう言って、息子の古いスポーツウエアを出してきた。

「とにかく、これに着替えて」

言われるままに悠木は着替えた。息子より悠木のほうが少しだけ背は高い。スポーツウエアから手足がはみ出していた。

「裾も袖もまくり上げて。それから、そう、お風呂場に行って風呂掃除の真似をして。水で濡らすのよ」

しばらくして、玄関のベルがまた鳴った。

「もう着替えは終わりましたか……」

「はい、どうぞ」

落ち着いて、探索ロボットの相手をする。

ロボットは家中を見て回ったあと、風呂場に行って悠木を発見した。

「こちらはどなたですか？」

「息子です。長男のRY44128です。何か？」

ロボットは不審気に悠木を見ながら「ちょっと調べます」と言って、端末に何やら入力した。

「長男の方ですか？　今日は学校には行かないのですか？」

「ちょっと用事があって休みました」

ロボットの不審な目つきは変わらない。

「あのね、あなた。私はこれから出掛けるところです。時間がないの。あなたの個人番号を教えて。私の主人は区域調整機構に勤めています。変なロボットが私たちをいじめていると連絡しますよ。分かりましたか、急いで準備しないと遅れちゃうの」

その声には相手をたじろがせるほどの迫力があった。その剣幕に驚いたのか、探索ロボットは
「分かりました、異常はありません」

と言って、すごすごと出ていった。

「二三世紀でも嘘は通用するのか……」

悠木は変なところに感心してしまった。未来のＡＩロボットは、データや通信などデジタル情報にはめっぽう強いが、嘘や脅し、高圧的な威嚇などアナログ情報には弱いようだ。

それにしても、彼女の迫力には正直言って驚いた。風呂を洗う真似をしながら、眉間にしわを寄せてロボットを押し返した彼女の迫力に感心していた。

探索ロボと入れ替わるようにカジュアルウエアが届いた。アンダーシャツにパンツ、チェック柄のスポーツシャツやズボンに帽子もある。これに着替える。サイズはピッタリだった。

よく見ると、アンダーシャツとパンツには記号がついた四角いものがプリントされている。尋ねると、いずれもセンサーが付いたコントローラーだという。温度や湿気の調節が可能なハイテクシャツだ。

少し前に取材した、ウエアラブル（着用できるコンピュータ）の電子デバイスを思い出した。折り曲げたり畳んだりすることが近い将来可能になるという触れ込みだったが、あのウエアラブ

ルデバイスが二〇〇年先ではアンダーシャツやパンツで実用化されていた。

　四角い布切れに触ろうとすると、奥さんが説明をはじめた。

「オートになっているから、温度や湿度を調節しなくても大丈夫よ。外の気温や湿度に合わせて自動で調整してくれるの。もちろん、体温も測りながら調節するから快適よ。今はこれ一枚で温度調節できるから、その上に着るものは薄いものでいいの。大半の人は、スポーツシャツを上に羽織るだけよ」

「電源はどこにあるんですか？」

「人間の体温が電源です」

「すごい！　でも、こんなアンダーシャツがあると、厚着しておしゃれをしようと思っている人には気の毒ですね」

　二一世紀の女性のファッションを頭に描きながら、悠木は言った。

「そんなことないわよ。着るものだって種類は豊富よ。帽子や靴、ベルトやイヤリングにネックレスなど、アクセサリーでみんなおしゃれを競っているわ。女性だけでなく、男性もおしゃれが趣味という人は多いのよ。あなたの時代とはちょっと違うかもしれませんね」

　届いたばかりの衣服に着替え、今まで着ていたものはバックパックに詰め込んだ。鏡の前に立つと、すっかり二三世紀人に変身していた。何となく悪くない。これなら街並みに多少溶け込めるかもしれない。

「それじゃ、出掛けましょう」

　奥さんの声に促されて、一緒に家を出た。


　家を出るときに奥さんは、悠木に「これを差して」と言って一本の日傘を渡してくれた。午後の四時を過ぎて太陽は西に傾いてきたが、それでも真っ青な空からは依然として眩しいほどの日差しが差し込んでいた。

　てっきり日焼けを気にしてくれているのだと思ったが、そうではなかった。彼女によると、ご主人から日傘を差すようにとの指示があったという。

　外に出た途端、すべての人間は天空にある画像衛星にキャッチされる。人工衛星に搭載された画像カメラはものすごく精巧で、地上にいる人間の顔のシワまで判別できるのだ。

　カメラと言っても、レンズが搭載されているわけではない。特殊な膜を何枚か重ねた布レンズを通して、電子の目が見たデータを再生処理して画像に仕立てている。この技術は二一世紀の後半に発明され、改良に改良を重ねて現在に至っていると奥さんが説明してくれた。

　この布レンズ、実は弱点が一つある。もう一枚、柄のついた布地を重ねると画像がぼけてしまうのだ。重ねる布の材質はなんでもいい。布製の日傘を差すことによって、天空の監視から逃れられる。二三世紀のハイテク技術は、ここでもアナログに負けている。

タクシー乗り場に向かう途中、日傘を差している人をたくさん目撃した。みんな、天空の監視カメラを避けているのだろう。しかし、悠木の推測はここでも見当はずれだった。


山野は依然として区域調整ビルにいる。調整官は、山野が異次元空間からの侵入者を匿っているのではないかと疑っているようだ。調整官の疑いをかわしながら山野は、「みんなで働く会」の責任者に会って「クチコミ」で会員に伝言を依頼したのだ。

二〇〇年先のこの時代、普通の人間は日傘を差すことはほとんどない。日傘がなくても、ファイン化粧品やデジタル帽子で紫外線は完全にシャットアウトされている。

そして、この時代の人間の多くは、個人を特定されることに大きな違和感をもっていない。逆に、個人情報を進んで提供しようという風潮になっている。つまり、日傘を差す必然性はどこにもないのだ。だから、一人だけで日傘を差しているとむしろ怪しまれてしまう。調整機構の目を眩ますために、多くの人が日傘を差す必要があった。

「みんなで働く会」のみなさんが協力してくれたおかげで、街中に布製の日傘があふれた。悠木が屋外を歩くリスクは、これで多少緩和された。

しかし、ビルの内部や広場などに設置されている監視カメラからは逃れようがない。帽子を深くかぶり、目立たないウェアで街に同化するしか方法がない。リスクはいつの時代にもつきまとっている。悠木と奥さんは、そんなリスクを冒しながら、何とかタクシー乗り場にたどり着いた。

山野の自宅に行ったときに比べると、かなり旧式のタクシーがそこにあった。二人で乗り込む。奥さんが自分のＩＤカードを乗車口にある乗降パネルにタッチする。そして、乗客数二人の項目に触れたあと、悠木に乗るようにと指示した。言われるままタクシーに乗り込み、奥さんの隣に座った。タッチパネルで行き先を「WATARI CLINIC」と奥さんが指定する。

タクシーが動きはじめると、

「こんにちは、目的地はWATARI CLINIC、約一五分で到着します」

と会話ロボットがアナウンスした。そして、「もう一人の方のＩＤを入力してください」と催促して来た。

悠木は一瞬ドキッとした。しかし、奥さんは顔色一つ変えず、

「乗っているのは私の息子です。ＩＤカードを忘れてきました。代わりに、登録してある指紋で認証します。認証パネルお願いします」

と、何事もなかったように涼しい顔で返事をした。

すると、乗車席の脇にある壁に認証パネルが浮き出してきた。悠木は右手の人差し指に巻き付けてある、長男の指紋の写真をかざした。会話ロボットは、「ありがとうございました」と返事

をした。認証パネルの明かりが消えた。

「あなた、ＩＤカードはいつも身につけているのよ。分かった」と、長男に扮した悠木を叱った。

悠木は、「分かった」と不愛想に返事した。

最先端の技術で構築されている二三世紀の世の中は、意外にも簡単に「騙し技」が通用する。本物の指紋と本人のデジタル指紋との区別ができないのだ。

しばらくするとタクシーは、WATARI CLINICが入っているビルに到着した。エレベーターに乗って八階のクリニックに着くと、受付の人が、「こちらにどうぞ」と、診察室の奥にある個室に案内してくれた。

待合室では、男女合わせて十数人の患者が診察を待っていた。どの患者の顔も暗く沈んでいる。それに、待合室の空気が重くて息苦しい。二一世紀も、双極性障害やパニック障害などメンタル面での障害が多かった。二三世紀になると、過去とは比較にならないほどの割合でメンタル系での患者が増えているようだ。

工場の生産ラインやオフィスの事務職にＡＩロボットが入り込み、人間の職場が奪われはじめたわけだが、それに比例するようにメンタル系での疾患が増えた。職を失った人間は、働く意欲を奪われただけでなく、生きる力も失ってしまったのだ。

個室に入ると、そこに山野がいた。

「ご無事でしたか。調整官にひどい目にあわされているのではないかと心配していました」

と、悠木が声をかけた。

「心配には及びません。広域の調整官になるとちょっと手強くなりますが、区域調整機構の調整官はまだ御しやすいのです。区域の調整官は私を疑ってはいますが、同時に私を頼ってもいます。彼は今、私に関して相反する二つの感情を抱えて葛藤していると思います。ロボットにとっては一番辛い状態です。彼らは白黒がはっきりしていれば、どんなに状況が苦しくても困ることはありません。だけど、今回のようにどっちが正しいか分からないといった状況に陥ってしまうと、結論が出せなくなるのです。われわれにとっては、そこが付け目でもあります」

ロボットにとって困ることは、第一に情報が少ないことだ、と山野は悠木に説明した。情報量が少ないと、ロボットは蓄積されている膨大なデータとの比較ができなくなる。そうなると、人工知能はグルグルと空回りをはじめる。

二一世紀のパソコンは、一度に多くの指示を出すと空回りして動かなくなったが、二〇〇年先のコンピュータは、逆に情報が少ないと空回りするのである。山野はいろいろな手を使って、悠木に関する情報を極力少なくしようとしているのだ。

「それでも、彼らはあちこちに張りめぐらした情報網を駆使して、いずれわれわれに迫ってくるでしょう。今のうちに、なんとか出口を見つけましょう」

落ち着いて振る舞いながら、山野は静かにそう言った。

「遅くなってすみません」

どこかで見かけた男が部屋に入ってきた。悠木はすぐに思い出すことができなかった。

「いえいえ、われわれもちょっと前にここに着いたばかりです。気にすることはありません。それよりも、働く会のみなさんにまずお礼を申し上げたい」

山野はそう言ったあと、「GH33481さん」と呼びかけた。聞いたことのある名前だ。

「働く会のみなさんのおかげで、調整官サイドは今かなり混乱しています。みなさんのクチコミの威力を改めて実感しました」

「いやいや、たいしたことではありません。みなさん暇ですから、クチコミネットで情報が流れてくるのを楽しみにしているのです。こんなことで役に立てるなら、いつでも言ってください。われわれにとってはささやかな楽しみです。『生きがい』と言ってもいいかもしれません」

男が「生きがい」と言った途端、悠木は思い出した。

そうだ、あのとき会議室にいた人だ。大きなテーブル越しに調整官に向かって、「われわれは生きがいを求めている」と言ったあの人物だ。その人物が今、悠木の目の前にいる。

山野は、街中に日傘が出現したお礼を言っているようだ。家を出るときに、山野の奥さんに日傘を差すように言われた。このとき山野は、GH33481さんに頼んで、「働く会」のメンバーに日傘を差して街に出るように要請したのだ。

山野の要請を受けて、GH33481さんはクチコミネットでこの情報を会のメンバーに流した。そして、街中に多くの日傘が出現した。これで、区域調整機構のシステムは悠木を特定しづらくなった。天空にある精巧な画像衛星、これに対抗するための日傘。ハイテクとローテクの戦いである。そして、ローテクがハイテクを翻弄しているのだ。

働く会の代表は、クチコミネットで流された山野の要請を「生きがい」と言った。悠木はちょっと大げさではないかと思ったが、GH33481さんの話を聞いているうちに、「なるほど！」と思わざるを得なかった。

二三世紀の社会に住む人間は、山野や一部の文化人やスポーツ選手を除くと、大半の人は「何もすることがない症候群」に蝕まれている。家族を養うために、肉体を駆使して働く必要はまったくない。もっと言えば、働いて給料を稼ぐ必要がないのだ。大半の人間は資産家であり、生活費に困ることはない。そのうえ、医療費など社会保障関係の費用はすべて無料で、ベーシックインカムもある。

AIロボットが生み出す利益は国家財政を潤している。ロボットは二四時間、三六五日休むことなく働き続けている。人間が提供する労働力はかぎりなくゼロに近づき、代わりにロボットが無尽蔵ともいうべき労力を提供している。おまけに、ロボットの性能は指数関数的に右肩上がりとなった。ＡＩを使った人工知能も進化を続けている。

二一世紀の中頃に起こったシンギュラリティを境に、ロボットはどんどん人間に近づいたばかりか、二二世紀後半には完全に人間の能力を超えたのである。ロボット化の波は世界中に広がったのだが、ことのほか日本はすごかった。少子高齢化を背景とした労働力不足を補う手段として、イノベーションが猛スピードで社会に浸透したのである。

目の前にあるのは「われわれの目指した成果だ」と、そのときに悠木は思った。二一世紀のわれわれがひたむきに努力した結果、二三世紀の人間は例外なく資本家になった。言ってみれば、莫大な利益を得たのである。

生産革命を追求したことは間違っていなかった。ただ、二三世紀の労働組合ともいうべき「みんなで働く会」のメンバーは、調整官との交渉で「仕事をよこせ」と要求している。少子化はどんどん進んだが、経済は成長し、利益は増えて、過剰な超過勤務もなくなった。しかし、そんな進化した世の中で、人間がロボットに対して「仕事が欲しい」とか「生きがいが欲しい」と言っている。

山野は、会議の場では要求される側に立っていた。その山野が、会議のあとに「ゼロ回答」と断言していた。山野のことを「アンチ働く会」の人間だと悠木は思っていたが、実際は裏で通じていたのだ。その事実を、区域調整官はまだ知らない。

「お待たせしました」

　そう言って、白衣を着た人が入ってきた。

「先生、お忙しいところ申し訳ありません」と言って、山野が深々と頭を下げた。

「紹介します。こちらが異次元空間から侵入してきた悠木さんです」

　それを聞いてみんなが笑った。

　医師が悠木のほうを向いて、穏やかに、優しく話しかけた。

「タイムホールに落ちたそうですね。大変でしたね。みんなで協力して、元の世界に戻る方法を考えましょう」

「悠木と言います。よろしくお願いします」

　それだけを言って、ちょこんと頭を下げた。

　そのとき、診察室のほうから女性のわめく声が聞こえてきた。

「先生、もうダメ、無理よ、もういやー、早く死にたい、死なせて欲しい」

　一人の患者が悲痛な声を張り上げている。だけど、診察室にいるほかの患者も看護師も、その声にほとんど反応しない。

「悪魔が襲ってくる。お前なんか生きている資格がない。何もできないし、何もやろうとしない。やる気がないやつは生きる資格がない。早く死ね。早く死んでしまえ。死ね死ね軍団が追いかけてくるの……。ああ、悪魔だ、地獄だ。先生、もう嫌だー」

「大丈夫、大丈夫だよ。ちょっと気持ちが落ち込んでいるだけ。ほら、ちょっと外を見てごらん。真っ青な空が広がっているでしょう。ほかに何もない。心配することはないのよ。悪魔はいないし、地獄もありません。はい、大きく深呼吸してごらんなさい」

諭すように話しかける女医の優しい声が聞こえてくる。その声を聞きながら医師が、深刻な表情で話を続けた。

「これは時代の病でしょうね。これと似た症状の患者が、二二世紀の後半からものすごく増えています。原因ははっきりしています。生きがいがない。せっかく生まれてきたのに生きていく目標が見つからない、ということです」

「悠木さんの時代は、過重労働や一時的なショックが原因で発症するケースが多かったのですが、二二世紀に入ってロボットが人間の仕事を奪うようになり、人間は働かなくても生きていけるようになりました。労働はすべてロボットがやってくれる。人間は、好きなことだけやっていればいいのです。外から見ると、一見幸せそうに見えるのですが、精神衛生上はこれがマイナスに働きました。仕事がなく、大半の人は何をやったらいいのか分からなくなってしまったのです。そして、精神的に徐々に追い詰められるようになった。最終的には、彼女のように、死にたい願望に取り憑かれるようになる。これを取り除くのは、いくら医学が発達しても大変難しいのです」

悠木は再び暗い気分になった。ＡＩやロボットが進化しても人間は幸せになれない。二〇〇年先の世界で、人間は精神的に苦しんでいる。自殺者も増えている。われわれは何のために日々努力しているのだろうか。こんなことなら、進化することに意味なんてない。そんなことを考えているうちに、「早く元の世界に戻りたい」という思いが強烈に湧き上がってきた。

「悠木さん、どうやってタイムホールに落ちたのですか？」

ぼんやりしている悠木を睨みつけるようにGH33481が聞いてきた。

「それは、私も聞いていなかったわ」

山野の奥さんも同調する。

「どうやってと聞かれても、私にも分かりません」

「タイムホールに落ちる前の状況をよく思い出してみて」

奥さんに促されて、当時の状況を思い出してみた。

「あのときは、確か……、日本最先端技術研究開発機構の理事長の取材を終えて、理事長がエレベーターホールまで送ってくれました。エレベーターが来たので、それに乗って地下一階のボタンを押したところまではっきりと覚えています。そのあと、高い所から落ちるような感覚があって、気が付いたら区域調整ビルの中の大きなエレベーターホールにいました」

「エレベーターの中で変わったことはなかったの？」

GH33481 が質問する。

「とくに、何もなかったと思います」

「誰かと話すとか、声をかけられたこともないの？」

今度は医師が質問した。

「ないですね。とにかく、気が付いたらこちらの世界に来ていたというだけです」

「悠木さんは、何かのきっかけでタイムホールに落ちた。あのビルのエレベーターに、タイムホールの入り口や出口があるのだろう。とにかく、あのビルでエレベーターに乗る、それ以外に元の世界に戻る方法はないでしょう」

山野の説明にみんなが納得した。しかし、どうやってタイムホールの入り口を見つければいいのか、誰も明確な答えを出すことができなかった。

「来るとき、悠木さんだけがタイムホールに落ちたのよね。ほかの人、前にいた人や後ろにいた人、左右にいた人は誰も落ちなかった。不思議よね……」

奥さんが何気なくつぶやいた。その言葉に悠木は引っかかった。前後左右にいた人——あのとき、エレベーターの中には誰もいなかった。自分一人だった。だから、エレベーターが「やけに広い」と感じたのだ。

「そういえば、あのとき、エレベーターに乗っていたのは私一人でした。ほかに誰もいませんでした。見送ってくれた理事長にお礼を言って、ドアが閉まった途端、身体がどこかに向かって落ちていくような感覚がして、気が付いたらこの世界に来ていたんです。意識的に何かをするという時間も余裕もなかったと思います」

それを聞いた山野が言った。

「それだ。一人でエレベーターに乗ることだ。そうすることで、タイムホールの入り口が開く。多分、たった一人でエレベーターに乗らないと入り口は開かない。調整ビルで、一人だけでエレベーターに乗る。これがタイムホールに入る条件だよ、きっと」

山野はタイムホールの入り口が見つかったような喜びを顔面に浮かべた。だが、次の瞬間、(どうやったらエレベーターを独り占めできるのか)と自問自答して、再び考え込んでしまった。おまけに、エレベーターは一台ではない。全部で四台ある。どのエレベーターにタイムホールはあるのだろう、という新たな疑問も湧いてくる。

「とにかく、やってみるしかないでしょう」

GH33481がさらりと言った。案ずるより生むがやすし、非論理的な人間の思考は二〇〇〇年経っても変わらないようだ。

「独り占めするためには、人がいないときを狙うしかないわね」

奥さんが真面目な顔でみんなを見渡した。世の中、考えても答えの見つからないことが多いものだ。山野と奥さん、医師と働く会の代表、それに悠木を含めた五人が、ああでもないこうでもないと議論したものの、これといった答えは見つからなかった。

GH33481が意を決したように言った。

「議論していてもしょうがないですね。今から調整ビルに行きましょう。善は急げ、です。いつまで待ったって最高の条件なんて整わないかもしれない。だったらやるしかない。これからクチコミネットで人を集めます。われわれが力ずくでホールを占拠します。その間に悠木さんは四台のエレベーターに次々と乗ってください。タイムホールが本当にあれば、どこかで元の世界に戻れるでしょう。なかった場合は……」

「ちょっと待って。騒動が起きると、物理的にロボットのほうが有利になります。できたら平穏にやったほうがいい。犯人探索隊ロボットも、区域調整機構クラスだとまだいくつか弱点があります。まず、動きがあまり俊敏ではないこと。それから、ロボット同士のコミュニケーションが拙いこと。彼らは、事態が急変すると臨機応変な対応ができません。それに、騒動が大きくなると、広域調整機構に所属する高性能ロボットが出動してきます。それが来ないうちにやったほうがいいと思います」

山野の話を聞いて、GH33481が質問をした。

「ロボット同士のコミュニケーションが拙いというのは、どういうことですか？」

「彼らは、区域調整機構の司令室と直接つながっています。ロボット同士も個々に連絡しあう機能はありますが、目の前の変化に対応して、自分たちに有利な状況をつくり出せるほど相互のコミュニケーションは優れてはいません。上からの指示がないと、現場だけでは対応できないのです。悠木さんのいる二一世紀も、世の中はほとんどが縦割りになっており、横の連絡体制よりも上下の連絡体制が優先されていました。ロボットも人間がつくり出したものですから、どうしても人間がもっているそうした特徴を引き継いでしまうのでしょう。その弱点を逆手にとるのです」

　山野の説明は分かりやすかった。みんなは納得したが、悠木には一つだけ気になることがあった。

「仮にタイムホールがあったとして、二〇一七年九月一五日という、私がいた時空にどうやって戻ればいいのでしょうか？」

　これには、誰も答えることはできなかった。そんななか、医師が信じられないような発言をした。

「人間の頭脳には、科学では解明できない不思議な力があります。それは念ずることです。念ずることによって、その思いは岩をも貫くのです。この際、念ずる力を信じるしかありません。悠木さん、いいですか、エレベーターに乗ったら二〇一七年九月一五日と心の中で強く念ずるんです。そうすれば、きっとタイムホールがその時代にあなたを戻してくれると思います。この際、念力という人間のもっている不思議な力を信じましょう」

二三世紀でも「神頼み」という文化が残っているのか……呆然としつつも、一か八か勝負に出るしかない。意を決しつつ、悠木はどこかで聞いたようなフレーズを思い出していた。

このあと、あまり時間を置かずに GH33481 がクチコミネットで「働く会」のメンバーに情報を流した。情報はあっという間に広がった。午後八時を期して、行動を開始することが決まった。こうして、悠木一人だけをエレベーターに乗せる作戦がはじまった。時間はすでに夜の七時を回っていた。山野は一足先に調整ビルに戻り、調整官に対する陽動作戦にとりかかった。


区域調整ビルの中の指令室には、調整官を中心に多くのロボットが集まっていた。ひと足先に WATARI CLINIC を出て調整ビルに戻った山野も、司令室に顔を出した。

「どこに行っていた？　ずっと君を探していた」

調整官に呼び止められた山野は、事前に計画したとおりの回答をした。

「働く会の人に会って、回答日を通告してきました。そしたら、彼らのほうから逆に提案がありました。それで、ちょっと遅くなってしまいました」

「提案、どういうことかね？」

「働く会は、要求を取り下げてもいいと言っています。ただし、一つ条件があります。工場でなくてもいいから、事務職で人間を採用する道を開いてほしい。人数は少なくてもかまわない。すぐに実行できなくても、将来的な可能性として検討するという回答があれば要求は取り下げると言っています。来週の回答の前にこの点で交渉したいので、これから代表者をはじめとして何人かがこのビルに来ると言っています」

「今は、そんなことにかかわっている暇はない。その件はあとにしよう。それより、異次元空間からの侵入者を捕まえるほうが先だ。この衛星画像に変なものが写っている。これはなんだか分かるかね？」

そう言って、壁面に設置された巨大モニターを指差した。画面には、画像衛星が撮った写真が時系列で並んでいる。区域調整機構の所管地域が拡大写真で映し出されているのだが、至る所にモザイクのかかったような不鮮明な画像が見える。

「人間が日傘を差しているのだと思います。画像衛星は、布製の日傘で遮断されると鮮明な画像が撮れなくなります」

画像衛星を担当しているロボットが調整官に説明する。そして、調整官が山野に質問した。

「どうして人間は日傘を差しているのだ」

「さあ、どうしてでしょう。分かりません。想像ですが、今日は抜けるような晴天でしたから、外出する際は日焼け防止で日傘を差したのではないでしょうか」

　調整官に向かって嘘をつくのも勇気がいる。嘘だと分かれば、あとで罪に問われることになる。二三世紀の調整機構は、行政組織であると同時に、警察や司法を兼ねた強大な権限をもっている。犯罪に対する処罰も決して生易しいものではない。それだけに、明らかな嘘はつけない。

「いや、そんな理由ではないと思います」

　脇から、画像担当の探索隊ロボットが口を挟んだ。

「別の理由があるのか」

　調整官が詰問口調で聞き返す。

「おそらく、異次元空間から侵入した者を、人間たちがみんなでかばっているのだと思います。画像衛星で撮影されてしまえば、侵入者はすぐに割れます。われわれのシステムは画像に写っているのが誰か、個人情報でスクリーニングすればすぐに判別できます。スクリーニングで判別できない者がいれば、それが侵入者ということになります。そういうことを避けるために、日傘で個人を特定できないようにしているのでしょう。彼らも、なかなかずる賢い手を使います」

　画像担当ロボットは、こう言ったあと、山野の顔を鋭く睨みつけた。

「その可能性はあるでしょう。人間もＡＩロボットにはかなわないものの一定の知能はもっていますから、彼が言うように、画像システムによる侵入者の特定を阻止しようとしたのかもしれません」

そのとき、秘書ロボットが調整官に近づいて耳打ちをした。

「分かった。正面のスクリーンにつないでくれ」

そう言うと、正面のスクリーンに広域調整機構の調整官が映し出された。

「侵入者はまだ捕まらないのか。この情報はすでに州の調整官にも伝わっている。早くしろという指示だ。今どういう状況になっているのか説明したまえ」

「はい、ただいま手を尽くして侵入者を探しております。もうすぐ捕まえられると考えております。少しだけ時間をください」

ロボットといえども、調整官には調整官としての責務と役割がある。調整機構を司るロボットは、最初から縦割りの組織にあわせて機能や能力、指揮命令系統の序列が組み込まれている。山野が指摘した、縦割りで機能するシステムである。最近では、独自に思考するロボットや横割りのシステムも導入されつつあるが、機能的にはまだまだ完成の域には遠かった。

「十数人だと思いますが、人間が調整官に面会を求めてエレベーターホールに来ています。どうしますか？」

秘書ロボットの報告を聞いて、調整官が再び山野のほうを向いた。

「君の言っている働く会の者たちかね？」

「そうだと思います。彼らは八時にビルに来ると言っていましたから」

「会う必要はない。追い返したまえ」

調整官の不機嫌そうな顔を見て、山野は穏やかに進言した。

「会ったほうがいいと思いますよ。彼らは侵入者を匿っている可能性があります。広域の調整官も早く捕まえろと言っています。この際、侵入者を匿っているなら、侵入者と引き換えに要求を飲んでもいいと交換条件を出したらどうでしょう」

「なるほど……」

調整官は少し考えてから、「分かった。三五階に上ってくるように伝えろ」と言い放った。

秘書ロボットが調整官の意向を現場の警護ロボットに伝えた。陽動作戦の最初のハードルは難なくクリアした。

「みんなで働く会」の代表であるGH33481を筆頭に、十数人のメンバーが三五階でエレベーターを降りた。このなかに悠木も混じっていた。エレベーターホールには、警護ロボットがすでに複数配備されている。みんなが会議室に移動しようとするとき、悠木が代表に声をかけた。

「ちょっとトイレに行ってきます」

「分かりました。先に行っています」

みんなと分かれて悠木はトイレに向かった。エレベーターの前で警備しているロボットにトイレの場所を聞いた。エレベーター脇の奥だという。言われたとおりにエレベーターの脇を通ってトイレに向かった。警護ロボットはついてこなかった。

しばらくして息急き切ってホールに戻り、警護ロボットに報告した。

「トイレに変な人がいますよ」

警護ロボットは、「えっ」と驚いてトイレに向かった。その様子を見て、会議室の入り口にいた警護ロボットとエレベーターの奥に立っていたもう一人の警護ロボットが一緒にトイレに向かった。

悠木はすぐにエレベーターのスイッチを押した。山野に指示されたとおり、続けて二回、ひと呼吸置いてから一回、もうひと呼吸おいて二回と全部で五回押してみた。これは、ロボットたちだけが知っている緊急呼び出し通報だという。

向かって右から二台目のエレベーターがすぐに来た。エレベーターと競争するように警護ロボットもホールに帰ってきた。

悠木はエレベーターの扉が開くのに合わせて飛び乗ったが、帰ってきた警護ロボットに乗り込むところを見られてしまった。警護ロボットがエレベーターの扉に手をかける寸前、ドアが閉まった。

ホッとする悠木を乗せて、エレベーターが下降を開始した。計画どおり、エレベーターに乗っているのは悠木一人。言われたとおりに、「二〇一七年九月一五日……」と悠木は念じはじめた。そして、エレベーターの下降にあわせてタイムホールの入り口が開き、吸い込まれるように降下する感覚を待ったが、何も起こらなかった。エレベーターは、地下五階の駐車場まで降りてしまった。

別のエレベーターを試そうと、悠木は隣のエレベーターに乗り替えて最上階に向かった。

これより前に、警護ロボットが「不審者発見！」と会議室の調整官に伝えた。調整官は探索隊ロボットを出動させると同時に、会議室にいた働く会のメンバーを全員拘束した。ビル全館に緊急警報が鳴り響いた。

悠木はこのビルの最上階に向かうエレベーターの中で、ボタンを押し続けていた。これも山野の指示だ。こうすると、エレベーターは途中の階を素通りするのだ。最上階では、すでに警護ロボットと犯人探索隊のロボットが複数待機していた。エレベーターのドアが開くのを待って、彼らがなだれ込んできて悠木を拘束した。悠木は、エレベーターホールに引き出された。

三人の探索隊ロボットが悠木を取り囲んだ。

「もはやこれまでか……」

「調整官に報告しろ！」

一人のロボットが指示を出す。それを受けて、別のロボットが何やら左の腕にタッチしている。すると、調整官からすぐに返事が来た。

「すぐそこに行く。それまで不審者を押さえておくように」

三人の探索隊ロボットが調整官の指示を聞いているとき、ほんの一瞬、隙が生じた。悠木は、探索隊ロボットの足元を抜け出して走り出した。ホールには、四角いエレベーターゾーンを取り囲むように通路が広がっている。悠木はトイレを目指して走った。

気付いた探索隊ロボットが、すぐに追いかけて走り出した。もちろん、警護ロボットも追随している。しかし、ロボットの足は意外に遅かった。高校、大学とラグビーをやっていた悠木は、衰えたとはいえ足には自信があった。当然、彼らは追いつくことができなかった。

探索隊ロボットと警護ロボットが二手に分かれて追いかけるなり、どちらかが反対周りに追いかければ、簡単に悠木を捕まえることができる。だが、それをしなかった。

探索隊ロボットと警護ロボットには直接連絡を取り合う仕組みが装備されているが、その機能は極めて貧弱なものだった。これに比べると、中央の指令室につながるシステムは充実していた。結果的に、ロボットの通信は中央指令室を経由することが多くなり、現場でのロボット同士のやり取りはほとんど行われていない。仲介役の指令室も、現場の細かい状況までは把握できていなかった。

逃げる悠木と、追いかけるロボットの集団。二〇〇〇年先の、すべてが高度にデジタル化された最先端のＩＴビルで繰り広げられている奇妙な光景である。悠木とロボットが、四台あるエレベーターの周囲をグルグルと同じ方向に回っている。ロボットの一人が反対側に走り出せば、悠木は難なく捕まってしまう。しかし、誰もそうしない。みんなが一団となって、同じ方向を向いて悠木を追いかけているのだ。そのうえ、ロボットの足は遅い。

走りながら、悠木はエレベーターのボタンを押した。何周か回ったとき、一番左側のエレベーターのドアが開いた。それに駆け込んでボタンを押した。探索ロボットが手を伸ばし、エレベーターのドアに触れそうになったが、間一髪でドアが閉まった。

幸いなことに、エレベーターの中は一人だった。エレベーターが下降をはじめる。悠木はもう一度「二〇一七年……」と頭のなかで強く念じた。そして、夢中で1Fのボタンを押し続けた。心の中で「タイムホールよ開け」と祈った。しかし、いつまで待ってもタイムホールに落ちた感覚は襲ってこなかった。

最上階では、悠木の乗ったエレベーターの扉が閉まると同時に、調整官の乗ったエレベーターが上がってきた。

「不審者はどこだ？」

調整官の声と同時に、探索隊ロボットが「逃げられました」と答えた。

見ると、悠木の乗ったエレベーターはすでに二八階を過ぎていた。調整官はそれを見て、エレベーターをすぐに止めるよう司令室に指示を出した。それでもエレベーターは止まらない。

「とにかく下に行く」

来たエレベーターにみんなが乗り込み、非常用の急降下ボタンを押した。

「とにかく、彼より早く一階に行くのだ」

調整官は司令室に連絡して、一階にロボットを集めることと、各階にも探索隊ロボットを配置するよう指示した。

タイムホールの入り口が開かないままの悠木は、一階でもう一度エレベーターを乗り換えようと思った。どこで降りればいいか、考える暇はなかった。一階なら、最悪の場合は外に逃げられるだろうと考えたのだ。

そのころ、会議室で拘束されていた「みんなで働く会」のメンバーは、警護ロボットの会話から悠木が逃げていることを知った。そして、司令官が一階に集まるように指示を出していることも分かった。GH33481が、「とにかく一階に行こう！」と声をかけた。

こうなれば、もう力ずくである。警護ロボットを振り切って、会議室を出てエレベーターホールに向かう。ロボットも追いかけてくる。メンバーは別々に分かれてエレベーターホールを走り回った。それぞれの走り方は、まったく違ったものだった。真っ直ぐ走る者、蛇行しながら走る者、それぞれが交錯しながら不規則に走り回った。

警護ロボットにもっとも効果があったのは、サッカーやラグビーの選手がやる、真っ直ぐ走りながら瞬時に方向を変えるトリック走法だった。その都度、ロボットはメンバーを見失い、体制を立て直さざるを得なかった。

そうしているうちに、一番右端のエレベーターのドアが開いた。そこに五人のメンバーが乗り込んだ。警護ロボットも二人乗り込んだが、人数的には多勢に無勢だ。警護ロボットは、探索隊ロボットと違って銃などの武器を持っていない。エレベーターの中で、五人が警護ロボットを押さえ込む形となった。

メンバー五人と警護ロボットの二人が一階に着いたとき、ホールは騒然としていた。警護ロボットが悠木を追いかけ、そこに探索隊ロボットを引き連れた調整官が合流して、悠木の捕捉劇が繰り広げられていたのだ。探索隊ロボットの一人が撃った銃の音が「ダダダダ、ダーン」とホール中に響きわたった。

その音に驚いて、一瞬、時間の流れが止まったかのようにみんなの動きが止まった。

「今だ！」

GH33481が大きな声で叫んだ。

「今だ！　早くエレベーターに乗れ」

その声に促されて、悠木は跳ねるように探索隊ロボットを振り切ってエレベーターに駆け込んだ。同時に五人のメンバーが、二人の警護ロボットと探索隊ロボットを塞ぐように、エレベーターの前でスクラムを組んだ。

「早くドアを閉めて！」

GH33481が怒鳴った。悠木は夢中でエレベーターのボタンを押した。メンバー五人と、警護ロボット、探索隊ロボットがラグビーのスクラムのような格好で折り重なっていた。

エレベーターは、探索隊ロボットの手がドアにかかろうとする直前、危機一髪のタイミングで閉まった。そのままエレベーターが上昇をはじめた。

悠木は念じることを忘れていたが、ドアが閉まった直後にエレベーターが左右に大きく揺れた。そして、何か強い力で身体が吸い込まれていくような感覚に襲われた。


気が付いたとき、日本最先端技術研究開発機構が入っているビルの地下一階に立っていた。しばらくボーと人の流れを見ながら動けなかった。どのくらいの時間が経過したのか分からない。誰かの腕がぶつかって、ようやく自分を取り戻した。そして、未来から帰還したことを確認した。

未来から帰ったあと体調を崩し、土日についで月、火の二日間会社を休んだ。微熱があったのと、何となく身体全体がだるかったが、病院に行くほどではなかった。自宅で休養をとりながら、二〇〇年先の未来社会を垣間見た経験を頭の中で反芻(はんすう)していた。

(果たして、これは本当に体験したことなのだろうか。ひょっとすると、単なる夢だったのではないだろうか……)

悠木自身、この間の特異な経験について、自信をもって他人に話せる状況ではなかった。会社を休んだのは、病気のせいというよりも、「頭の中を整理しよう」と思ったからであった。

いくら考えても、二〇〇年先の世界を体験したことが夢や妄想だとは思えなかった。どこでどう着替えたのか覚えていないが、バックパックの中にはアンダーシャツとウエアが残されていた。二三世紀に着替えた記憶がうっすらとある。さりとて、その記憶をそのまま第三者にしゃべったところで誰が信用してくれるだろうか。第三者を納得させるだけの自信がなかった。

堂々めぐりを繰り返すなかで、とにかく藤平部長に相談することにした。未来社会の体験ルポを執筆するというのは部長のアイディアだ。どうやって未来社会に行ったらいいかと考えているときにタイムホールに落ちたのだ。

相談と言っても、口頭だけでは信じてもらえないだろう。「面白いね、冗談にしてはよくできている。素晴らしい、とは言えないけどな」と、部長のからかう姿が頭に浮かんできた。どうしたら部長に信じてもらえるだろうか。

(そうだ、簡単でいいからとりあえずメモにまとめて提出しよう。それを読んで、部長がどう判

断するかだ。口頭で伝えるよりも、文字にしたほうが部長も判断しやすいだろう）

そう考えて、簡単なメモをつくった。

「二二一七年の未来社会」出張メモ（二〇一七年九月一九日）　科学部長　藤平周平殿

科学部記者　悠木　翔

①私は二〇一七年九月一五日に日本最先端技術研究開発機構の理事長にインタビューし、終了後に同機構が入っているビルの三五階でエレベーターに乗り、帰社しようとしました。ところが、乗り込んだ直後に身体が何かに吸い込まれるような、スーと奈落の底に落ちていくような感覚を味わいました。そして、気が付いたときには、見知らぬビルのエレベーターホールに立っていました。

②あとで分かったのですが、着いたのは中央区域調整ビルという建物の三五階にあるエレベーターホールで、日時は二二一七年八月二〇日でした。今から、ほぼ二〇〇年先の未来社会です。

③中央区域調整ビルというのは、今の市役所や警察、消防署のような行政機構を兼ねた組織で、トップに調整官がいます。この調整官は、信じられないでしょうが、ＡＩを装着したロボットでした。外見はわれわれ人間とほとんど変わりませんが、当該地域に関する強大な権限を有していました。

④同ビルの三五階にある会議室では、ちょうど「みんなで働く会」と調整官の会議が開かれていました。会議というよりは、今で言うところの団交と言ったほうがいいと思います。この時代、工場で働いているのはすべてロボットで、人間は仕事をしていません。この会議で、働く会の代表は「人間を工場で働かせろ」と要求していました。そして、働くことが人間にとって「生きがいである」と主張していました。この主張は、二三世紀に生きる人間を象徴しているような気がしました。

⑤私はここで、山野さん（未来社会での正式名称はSQ35215と言います）という、調整官のもとで働いている人間に出会いました。実は、私はこの時代についた直後、異次元空間からの侵入者ということで警察官に相当する犯人探索隊ロボットに追跡されるハメになりました。このとき、山野さんをはじめとして、「働く会」のメンバーが探索隊ロボットに追われる私を助けてくれました。彼らのおかげで、私は二一世紀に無事帰還することができたのです。

⑥私が垣間見た二三世紀の社会は、自動運転車が街にあふれ、ドローンが物流の中心になり、ウェアラブルのデジタルウエアが一般化していました。反面、人間の間でメンタル系の病気が蔓延し、人間はAIロボットの支配下に置かれ、コントロールされていました。

⑦二三世紀の社会は、今でいう最先端技術が至る所で実用化されており、大変便利な社会になっていました。しかし、人間にとっては必ずしも住みやすい社会ではなく、私の率直な印象は、

二三世紀には行きたくないというものです。
⑧二三世紀にタイムスリップし、その時代からどうやって無事帰還したかの詳細は省きますが、この経験を来年の新年原稿に生かしたいと思います。ＡＩによって抑圧される未来社会の人間に焦点を当て、現地ルポにまとめたいと考えています。

以上

メモを添付して、部長にメールを送った。

そして水曜日、記者クラブに出ると、待っていたかのように部長から電話が入った。

「メモは読んだ。お前大丈夫か？　何か悪い夢でも見たんじゃないか。このメモは、冗談にしてもできが悪い」

予想どおりの反応である。科学部の部長といえども、いや、だからこそ二〇〇年先に行ってきたという話を信じるわけがない。しかし、「冗談にしてもできが悪い」と言われると、やはり「ムッ」とする。

「あのー、部長。信じてくれなくてもいいんですけど、未来社会のルポ、新年企画には盛り込まないということですか。この企画をやれと言ったのは部長ですよ」

ムキになって部長に言い返した。

「未来社会のルポとは言ったけど、行ってきたような嘘をでっちあげろとは言ってないぞ。このメモは、まるで二〇〇年先の未来に行ってきたかのようなことが書いてある。これじゃ、新聞社のルポにはならない」

「お言葉ですが、行ってきたんです。私の記憶にははっきりと焼き付いています。冗談でも、夢でも、幻想でもありません。事実なんです」

「事実だと、どうやって証明する?」

部長の声には強い怒気が含まれていた。

「証明……」

言葉に詰まってしまった。証明なんてできるわけがない。バックパックに二三世紀のウェアがあるが、どういうわけかコントローラーは単なる模様と化して動かなくなっていた。

(……本当に、俺は未来に行ってきたのだろうか……)

急に心細くなってきた。藤平部長はそんな悠木を無視するかのように言った。

「いいか、このアイディアはボツだ。別の企画を考えろ!」

そうして電話は切れた。

(エレベーターが閉まったあと、山野さんたちはどうなったかな、大丈夫だったかな?)

AIロボットが支配する二〇〇年先の未来社会。はっきりと蘇る記憶のなかで、中央区域調整官の怒鳴り声を想像したら、急に涙がとめどなくあふれてきた。

## 5 シンギュラリティ

自分でも信じられないような経験が悠木を苦しめていた。

生きがいが欲しいと叫ぶ悲痛な未来人の現実と、過労が原因だった東西運輸の山田や同期の水島の自殺が頭の中で交錯し、ＡＩに対する評価が右へ左へと揺らいでいた。山田の過労死は、技術の進化で阻止できるはずだった。

だが、二〇〇年先の未来社会では、その技術が人間から仕事を奪っていた。そして水島は、生きがいをなくして自死を選んだのだ。

ＡＩの進化が未来を豊かにする――悠木はずーっとそう思っていた。だが実態は、未来の人間を窮地に追い込んでいる。科学技術の進化は善か悪か、悠木の心に芽生えた葛藤は日に日に強くなっていった。

（ＡＩは本当に人類の味方なのだろうか？）

素朴な疑問にとりつかれていた。

イギリスのソフト会社がベータ碁を開発し、二〇一六年三月に韓国のリ・セヨン九段に勝利した。これが契機となってＡＩブームが起こった。一つの成功が技術のレベルを一気に高める。そして、またたくまにそれが広がっていく。誰かが新しいレベルに到達すると、追いかける者は軽々と、そして次々とそのレベルを超えていく。

　ベータ碁が示したディープラーニングという技術がまさにそれだった。このあと、日本でもＡＩを使ったソフト開発が瞬く間に広がった。ＡＩの進化の先に二〇〇〇年、三〇〇〇年先の未来がある。豊かで、潑剌とした未来が開けるはずだった。これまで、ずっとそう信じていた。しかし、二〇〇〇年先の未来社会での経験は、予想外で想定外のことばかりだった。ＡＩの進化が人類を苦しめていたのである。

　紅葉の季節がはじまろうとしていた。そんなとき、悠木に「季刊日々論壇」の玉山貴良編集長から電話がかかってきた。

「はい、悠木です」

　電話に出ると、玉山編集長はいきなり本題に入った。

「ＡＩはこの先どこまで進化するのか、私のようなど素人にも分かるように解説してほしいのだが、無理かね」

突然の電話に悠木は戸惑った。玉山編集長といえば鬼編集長として知られている。一字一句妥協しない編集姿勢は、社内だけでなく社外からも一目置かれていた。その編集長から直々に原稿依頼が来たのだ。

「ＡＩの進化ですか、何を書けばいいのでしょうか……」

恐る恐る聞いてみた。

「要するに、技術的な側面だけじゃなく、経済的、社会的、文化的な側面を含めて幅広く、なおかつ分かりやすくということだ。正直に言って、私にはよく理解できない、ＡＩってやつが。本当にこれは人類にとって不可欠なのか、そこを嚙み砕いて書いて欲しい。とりあえず、早急に企画書を出してくれ。難しそうなテーマだから、できるだけ面白く、分かりやすく書いて欲しい。よろしく頼む」

玉山は「分かりやすく」を二度繰り返した。こちらの返事を待たず、電話は一方的に切れた。

原稿の締め切りは一二月の中旬である。新年原稿と重なる。物理的に無理だという気がする。とはいえ、悠木に鬼編集長の依頼を断るだけの勇気はなかった。それ以上に、自分のなかに芽生えた葛藤に答えを出したかった。それに、季刊誌が紙面を提供するから答えろという。渡りに船というか、絶妙なタイミングでの原稿依頼だった。

数日考えてから企画書を提出した。タイトルは「ＡＩの驚異的な進化が人類を変える」とし、サブタイトルとして「最先端技術の功罪、豊かさに潜む危険性」と書き添えた。

原稿の構成や取材対象、それぞれの狙いなどについて簡単な説明を付け加えた。詳細を詰めたものではない。あくまでも企画書である。取材をはじめるにあたって、全体の構成について大雑把なメドをつけておきたかった。編集長から細かい注文があればそのときに考えよう。とりあえず、善は急げ、そんな気持ちだった。

予想に反して、意外にあっさりと編集長のOKが出た。OKは出たものの、正直言って書く自信がなかった。でも、引き受けた以上、書くしかない。とりあえず、取材先のアポイントをとった。

最初に選んだのは未来社会研究所の石田ゆり子所長だった。最先端技術と経済社会の関係に詳しく、『AIが経済成長率（GDP）を押し上げる』という著書もある。

筑波学園都市の一角にある五階建ての研究所、その最上階に石田の研究室はあった。東京大学の経済学部を卒業したあと、民間のシンクタンクで景気予測を担当し、その後、京都大学の大学院に進んで、脳と自律神経の関係について研究を重ねたという変わり種である。

最先端の科学技術分野では、数少ない女性研究者の一人だ。石田は悠木の取材意図をすぐに理解した。

「お忙しいなか、ありがとうございます」

型どおりの挨拶をして、早速、取材をはじめた。

「事前に取材項目はお知らせしていますが、最初に、ＡＩと経済の関係について教えてくださ
い」

新人研修の場で悠木は、ＡＩが潜在成長率の鍵を握っているという話をした。少子高齢化が進んでいる。ＡＩが労働力の代わりになれば、東西運輸の山田のような悲劇はなくなるかもしれない。ＡＩは人間社会の将来にとって、かぎりなく大きな可能性を秘めている。そこをまず確認したかった。

「生産性とは」と書かれたＡ４の資料を一枚、石田はテーブルに置いた。生産性を上げるための技術要素が細かく書き込まれている。これに基づいて、生産性を上げるために何が必要かについて具体的に説明してくれた。それが終わると、逆に石田のほうから悠木に質問があった。

「要はですね、労働者一人当たりの売上や利益が伸びれば生産性は上がります。生産性が上がれば、少子高齢化に伴う労働力の減少を補って経済は成長します。簡単な話です。ところが、売上は簡単に伸びません。デフレでものの値段が下がるからです。値段が下がるというのは消費者にとってはいいことですが、労働者にとってはマイナスです。会社は売上が増えないと給料を上げません。どうしてか分かりますか？」

新人研修で悠木が使った手だ。

「売上が減って、給料だけ増やせば、会社は赤字になっちゃいますよね。だから、売上が増えないと給料も上げられない」

「そのとおりです。会社というのは、利益を出すためにつくられた組織ですから、利益が出ないのに給料だけを上げるわけにはいきません。そんなことをしたら、社長は取締役としての忠実義務違反で株主から訴えられてしまいます。だから、必死で利益を出そうとします。そのために何をしたらいいですか。そうです、生産性を上げればいいのです」

流れるように淀みなく石田は説明した。ＡＩを使って機械が自動で生産する。「たとえば」と言って、自動車の生産ラインを動かしている動力、モーターを取り上げた。

「これを点検するためには、生産ライン全体を止めなくてはなりません。生産ラインを止めると工場の生産性は下がります。これを避けるためにどうするか。モーターにセンサーを付け、このセンサーをインターネットにつなぐのです。センサーは、モーターの回転数とか回転するときの音、モーターの内部温度、使用時間などさまざまなデータを収集し、インターネット経由で管理部門（センター）に送ります。センターは送られてきたデータを分析します。その結果、このモーターは取り替えたほうがいいと判断したら、モーターそのものを交換するのです」

ここで悠木が口を挟んだ。

「交換するのは壊れそうなモーターだけですね」

「そうです。生産ラインを動かしながら、故障したモーターだけを取り替える。こうすれば、ライン全体を止めなくてもすみます。ラインを止めないかぎり生産性は落ちません。センサーとインターネット、これを組み合わせたものがＩｏＴ（Internet of Things）、モノのインターネットです」

石田はさらに説明を続けた。生産性を上げるための最先端技術には、ＩｏＴのほかにＡＩやコンピュータの性能向上といった技術的な要素がある。そして、それ以上に重要なこととして、働き方改革や組織・機構の見直し、合併や不採算部門の売却といった非技術的な要素があると強調した。

ＡＩを活用することによって生産性を上げていく。そうすれば、労働者の数が減っても、労働者一人当たりの売上は増えていく。少子高齢化が続いても、生産性を上げればＧＤＰは増えるということだ。つまり、プラス成長は可能であると石田は力説したのだ。もちろん、生産性向上の鍵を握っているのがＡＩであることを指摘することも忘れなかった。

石田の説明は分かりやすかった。最先端技術の進化がＧＤＰの成長と連動している。ＡＩが進化すれば、日本経済は着実に成長する。経済が成長することによって人々の生活は豊かになる。そこには何の不安もない。取材の原点もそこにあった。

だが、石田は次に驚くべき発言をした。

「私たちは生産性を上げるために最先端技術を取り入れることばかりを考えますが、究極となる生産性の向上対策は、労働者をロボットに置き換えることです。たとえば、自動車を生産することを考えてみます。ロボットの頭脳に進化したＡＩを組み込み、ロボットが自分で考えて自分で自動車を生産するようにする。こうすれば、人間が生産に関与しなくてもよくなります。というか、人間が働かなくても経済が持続的に成長する時代が来るのです」

「労働者をＡＩロボットに置き換える？」

潜在成長率の方程式を思い出した。

潜在成長率＝労働力の伸び率＋資本の伸び率＋生産性の伸び率

石田もこの方程式を例に挙げて、「この式のなかの労働力をＡＩロボットに置き換えればいいのです」と言った。

ロボットの生産性は人間よりはるかに高い。労働力をロボットに置き換えれば、「潜在成長率＝ＡＩロボットの伸び率＋資本の伸び率」となる。潜在成長率の鍵を握っている生産性の伸び率はＡＩロボットの伸び率に吸収される。そして、経済の成長率はロボットと資本の二つに集約される。これが実現すれば、人間が労働して経済を支える必要がなくなるのだ。

「石田さん、労働力を完全にロボットやＡＩに置き換えることは可能でしょうか？」

「いつになるかは分かりませんが、技術の進化はこの先急激に進みます。アルファベットのJですね。あれを想像してください。グラフの縦軸に技術の性能、横軸に時間をとります。Jカーブというのは、時間の経過とともに技術の性能が飛躍的に向上する姿を描いています。要するに、AIにしてもロボットにしても、この先、われわれの予想をはるかに超えるスピードで進化するということです。これを指数関数的変化と言いますが、個人的には、労働力がすべてロボットに置き換わる時代が意外に早く来るような気がします」

悠木の意識はシンギュラリティという言葉に飛んだ。アメリカの未来学者が、コンピュータの能力が全人類のそれを上回る日が二〇四五年に来ると予言した。こうした転換点のことを「シンギュラリティ」と言う。

「ベータ碁をはじめとして、今あるAIは特別な目的のために開発されたものです。そういう意味では、限定的な人工知能です。ところが、人間の知能は特定の目的だけではなく、あらゆる現象に総合的に対応しています。人間の頭脳に相当する汎用型のAIが進化すれば、労働力をすべてロボットに置き換えることも可能となります。すでに、そんなAIの開発も進んでいます」

石田の説明を聞きながら、技術は着実に、かつ猛スピードで進化しているのだと改めて実感せざるを得なかった。

石田への取材を終えた三日後、技術評論家の上橋光男を訪ねることにした。最先端技術の動きを具体的に把握しておきたかったのだ。上橋は早稲田大学で数学を学んだあと、大手証券会社でテクノロジー関係のアナリストとして活躍した。独立したあとは、技術評論家として全国を飛び回って、講演をしたり、原稿を執筆したり、テクノロジーに関するイベントを主催したりしている。

「日本の科学技術はどうあるべきか、進むべき方向を教えてください」

悠木の不躾な質問に、上橋は科学技術基本計画を取り上げた。

「日本には、科学技術総合計画というものがあります。五年ごとに見直しを行っていますが、最新のものは二〇一六年一月に閣議決定されています。このなかで、今後日本が目指すべき社会は『超スマート社会（society5.0）だ』と宣言しています」

「超スマート社会ですか……」

おうむ返しに悠木は繰り返した。

「人類は、狩猟社会、農耕社会、工業社会、情報社会と生活を改善・発展させてきました。ここまでがsociety4.0です。そして次に、『超スマート社会』をつくろうというわけです。総合計画によると、超スマート社会は『必要なもの・サービスを、必要な人に、必要なときに、必要なだけ提供し、社会のさまざまなニーズにきめ細かに対応できる。あらゆる人が質の高いサービスを受けられ、年齢、性別、地域、言語といったさまざまな違いを乗り越え、活き活きと快適に暮らすことのできる社会』と謳っています。これが society5.0 の世界というわけです」

「なんだか社会主義のようですね」

悠木は茶々を入れた。

「公平で公正、豊かな社会というイメージだと思います。AIだけではありません。脳科学や遺伝子工学、ナノテクノロジー、宇宙開発に自動運転自動車まで、ありとあらゆるテクノロジーを活用して society5.0 という未来社会をつくろうというわけです」

「その兆しというか予兆、兆候のようなものはありますか？」

具体的な動きを悠木は知りたかった。

「一例として、自動車の生産ラインを考えてみましょう。政府は今、society5.0 を実現するために第四次生産革命を推進しています。個人的な意見にすぎませんが、これが進んでいくと、近い将来、自動車の生産ラインはなくなると考えています」

「生産ラインがなくなって、どうやって生産するのですか？」

「生産ラインの代わりに、いくつもの台車をつくります。台車の上で、一台ずつ車が生産されていくのです。台車は電気自動車になっていて、自動で動き回る。これにAIを組み込めば、AIが勝手に次の作業を判断します。ハンドルを装着しようと思えば、ハンドル装着作業をするロボットに台車が移動する。そこに列ができていたら、ハンドルは後回しにしてサイドブレーキの装着を先にやる。台車に装着したＡＩが周囲を見回して、作業の順番を勝手に判断するのです。ドイツでは、すでに産業用モーターで『スマート台車』の実験がはじまっています」

「ほう、面白いですね」

「ひと口に車と言いますが、デザインや色、内装、カーナビ、サイドミラー、基本的性能など消費者のニーズは多様です。今の生産ラインは、同じものを大量につくることには向いていますが、多様な消費者のニーズには対応していません。同じシステムで多様化する消費者のニーズに対応しようとすると、とんでもないコストがかかってしまいます。科学技術総合計画には、『必要なもの・サービスを、必要な人に、必要なときに、必要なだけ提供する』と書いてあります。多用な消費者のニーズに沿って一つ一つ違う車を台車の上で生産する、これがスマート社会です。大量生産方式と呼ばれている生産ラインを抜本的に変えることになります」

話を聞きながら、未来はやっぱり明るいのではないかと、単純に思いはじめていた。内面で続いている進化に対する葛藤は、何やら少しずつ明るい方向に傾いていくような気がした。

「われわれが車を買うとき、今はメーカーがつくったものを選ぶしかありません。これ以外に、車を買う選択肢はありません。ところが、生産革命が進むと、メーカーは注文を受けたあとに生産をはじめるようになります。メーカーが生産したものを消費者が購入するのではなく、消費者が注文した車をメーカーがつくる。生産と消費の関係がコペルニクス的に転回する。こういうことが可能になれば、消費者は消費者であると同時に新しい車の発案者となり、企画者・生産者にもなります。こうして、消費者と生産者の間にあったボーダーはなくなります。消費者はある意味で生産者であり、デザイナーにもエンジニアにもなれる。自分が考えた車が市場で評価されれば、デザイン料を受け取るようになるかもしれません。オンリーワンの世界が実現するのです。まさに、コペルニクス的転回です」

「それはすごい！」

思わず、感嘆の声を上げてしまった。

「消費者が生産者になる。自分で自分が欲しいと思うものをつくれるようになる。そういうことですよね。そんなことが本当に可能になりますか？」

確認するように尋ねた。

「いろいろなイノベーションを経て人類がたどり着いたのが、同じものを大量につくるということでした。だけど、このシステムは多様化する人々のニーズに合わなくなってきました。先ほども言いましたが、車一つとってもニーズは多様です。ニーズは無限に広がっている。そのニーズにどうやって対応するか、大げさに言えば、これは企業の存続にかかわる重要なポイントとなります。同時に、世の中も革命的に変わるでしょう。面白いといえば面白いのですが、反面、こうした動きに乗り遅れると、大企業といえども一夜にして瓦解の危機に直面することになります。そう、恐い社会でもあります」

　上橋の説明に悠木は軽く頷いた。

「だから、可能になるかどうかではなく、多様な消費者のニーズに企業は適応するしかないのです。適応するために自分で自分を変えていく。それも、一時的なものではダメです。持続的に、継続的に、自己改革を続けるしかありません。こうした努力が、技術を指数関数的に向上させるのです。可能かどうかを考えてもあまり意味はありません。可能にしないと生き残れない、そう考えたほうがいいと思います」

　続けて、生産ラインのほかにも変わるものがあるのか、教えてほしいと頼んでみた。上橋はここでも、「あくまで個人的な見解ですが……」と断って、革命的な変化が起こる対象について説明をはじめた。

「たとえば、組織ですね。大企業から中小、零細企業に至るまで企業はものを生産し、サービスを提供するためにさまざまな組織をつくっています。工場があって労働者がいる。機械や手でものをつくりますが、それだけでは企業は成り立ちません。つくったものを売る営業マンがいて、売上は経理部が集計します。社員の管理は人事部が行い、総務部という組織は会社の運営全般を把握しています。社長のもとにそれぞれの組織が並列に置かれていますが、組織そのものは縦割りになっています。一般的に会社というのは、そういう組織構成になっています」

ここまで説明して、上橋はひと息入れた。そのときに秘書が入ってきて、メモを上橋に渡した。上橋は、「あとで私のほうから電話すると伝えてください」と答え、秘書が「分かりました」と言って応接室を出ていった。

秘書が下がったあと、上橋は説明を続けた。

「企業の組織は、どこもかしこも、今は縦割りになっています。しかも企業は、どの企業もそうですが、同じような部門を個々の企業ごとにもっています。私は、ここが大きく変わる、変わらざるをえないと考えています」

メモを取りながら、上橋の次の説明を待った。

「たとえば経理部、この組織は売上を集計したり原材料費を支払ったりしています。そのほか、社員の人件費や出張費の管理や精算、銀行からの借り入れ、原価計算、資金フローの管理などさまざまな仕事をしています。管理だけではありません。最近は余ったお金を運用するケースが増えていますので、運用成績を上げれば、経理部門が利益を生み出すプロフィットセンターにもなります。いずれにしろ、企業にとってはかなり重要な部門ですが、この部門を企業ごとに組織している必要があるのでしょうか？」

悠木に問いかけるように、ひと呼吸置いた。

上橋の質問に悠木は戸惑った。企業に経理部門があるのは当たり前のことだし、それぞれの会社が別々に経理部門をもっていることに疑問を感じたことはない。企業にとって、経理部門は心臓部門でもある。だから、「企業ごとに組織すべきもの」と言いたかったのだが、上橋の趣旨が理解できなかったので躊躇していた。そんな悠木を無視して、上橋は続けた。

「ＩＴ社会は利便性が高い社会ですが、反面、企業にとっては競争が激しくなる社会です。同時に、弱肉強食という色彩が強くなりますから、競争力のない企業はどんどん淘汰されます。それに備えるために、企業はあの手この手で体質の強化を図ろうとします。子会社同士を合併させて組織の効率化を進めます。経理部門も一つにするでしょう。もっと進めば、親会社の経理と子会社の経理を一緒にする。系列企業のすべての経理を一体的に管理する、経理子会社をつくるという可能性もあります。子会社だけではありません。優れた技術をもっている同業他社やベンチャー企業を吸収・合併するかもしれません。このような会社の経理も、経理子会社に統合されることになります」

科学部の記者として悠木が担当しているのは、ＡＩやＩｏＴ、ロボット、ビッグデータ、脳科学など最先端の技術分野である。ＡＩを内蔵したテレビや洗濯機、冷蔵庫といった家電製品の技術仕様や自動運転車を取り巻く半導体の開発競争、人間の目よりも高機能で精密なカメラの開発状況、超小型の医療機器、それをネット上で展開する遠隔医療など、どちらかといえば技術論ばかりだった。それに比べると、この日の取材は「経済部が担当する分野だ」と思いながらも、企業の組織論に及んだ上橋の説明がやけに新鮮に感じられた。

　上橋は先を急いだ。

「要するに、縦割りの組織に横串を刺す必要があるということです。組織のフラット化も必要になるでしょう。こうした動きはどんどん早くなると思います。そして、ここからが肝心なところですが、第四次生産革命を推し進めていくと企業の壁がなくなっていく、つまり溶融しはじめるということです」

　思わず「えっ!」と、声を出してしまった。

「壁が溶融する。どういうこと……」

　耳慣れない言葉だった。

「溶融、つまり溶けはじめるのです。たとえば、車のメーカーですね、日本にはトヨタや日産、ホンダといった大きなメーカーがいくつもあります。この業界では、電気自動車や自動運転車をめぐって、今、世界中でし烈な競争が展開されています。この開発競争に立ち遅れた会社は、トヨタといえども簡単には生き残れないでしょう。この競争を勝ち抜くために、今、自動車業界で何が起こっていると思いますか?　合従連衡(がっしょうれんこう)です。系列を超えて、国内外の区別なくボーダレス化が進み、異業種を交えた提携がはじまっているのです」

生産革命の最前線で起こっている地殻変動に上橋は触れた。

「ここに、研究機関や大学、ベンチャー企業も絡んで、それこそ毎日、敵も味方も入り乱れて激しい陣取り合戦を繰り広げているのです。最終的に、世界の自動車メーカーは大きなグループに分かれていくでしょう。たとえば、トヨタを核としたグループ、フォルクスワーゲンを核としたグループ、GMを核としたグループといった具合です」

話が技術論からどんどん逸れていく。

「自動車をつくるのはトヨタでなくてもかまわない。グループのなかで、多様なニーズに対応した車が生産されていく。トヨタというブランドは残るでしょう。だけど、車を生産しているのはトヨタという会社でなくてもかまわないのです。トヨタという会社というか、組織が残っている必要もない。誰かが効率よく機能性に優れ、安全性の高い車をつくればいいわけです。どこかにトヨタのマークが入っていれば、それがトヨタ車になるということです」

悠木にも何となく分かるような気がした。

「自動運転の車が、台車の上で一台一台異なった仕様で生産される。コストパフォーマンスを考えると、人間が生産するよりAIを組み込んだロボットが生産の担い手になったほうがはるかに効率的です。かくして人間は、生産現場から少しずつ姿を消していくのです」

さらに上橋は続けた。

「バックオフィスも共有されるようになるでしょう。こうなると、会社のあり方も変わらざるをえません。経理とか営業、総務、システムといった機能は残るでしょうが、それが会社という形で一体化している必要はありません。企業そのものの定義が変わってしまうのです」

上橋は二〇〇年後の世界を予言している。そして、悠木に問いかけた。

「企業の壁がなくなると同時に、われわれ人類というか人間というか、労働者に何が起こると思いますか？」

「仕事がなくなりますね」

考える間もなく答えを返した。

「そうです。ＡＩとロボットは想像を超えたスピードで進化しています。単純労働は、近い将来ロボットや機械にすべて置き換わるでしょうね。ＡＩに置き変わる仕事については、いろいろな機関が研究しています。森村総合研究所は、単純労働の五〇パーセント以上が、二〇年から三〇年先にＡＩに置き換わるという試算を発表しています。これがその資料です」

そう言って、上橋は一つの資料を悠木に手渡した。

「近い将来、われわれの仕事の半分がなくなるということです。職業によって違いはありますが、かなりの職業がＡＩやロボットに置き換えられると考えたほうがいいでしょうね」

今の日本社会では、人手不足が過重労働を招き、ブラック企業が横行している。悠木は、東西運輸の山田のことを思いながら、(労働力不足を解消するために、一刻も早くAIロボットを導入する以外に方法はない)と心の中でつぶやいた。

「第四次生産革命は、労働力不足を生産革命で補うことを目的としています。人間の仕事をAIやロボットに置き換えていくことに反対する人はいないでしょう。運送業界は、今、運転手不足で困っています。自動運転トラックが完成しさえすれば、運転手不足はある程度解消できます。同じように、建設現場や飲食店の店員をロボットにすれば、日本中を覆っている労働力不足はかなり改善することになります」

そして、「今、困っている人がいる、助けないわけにはいきません」と上橋は言葉を続けた。さらに上橋の説明は、「労働力不足の優位性」にまで及んだ。

「ロボットやAIを労働力の代替として導入するという話は、合理化やリストラに通じる要素があり、一般的には労働組合の猛烈な反発に遭います。ところが、今の日本は労働力が不足しています。これを補い過労死を防ぐという意味で、ロボット化やAI化は労働組合をはじめオールジャパンで推進しようというコンセンサスができ上がっています。本来なら、労働争議に発展しかねないロボット化や工場の自動化を、労使が一体となって推進しているのです。つまり日本では、労働力不足が第4次生産革命を推進するエンジン役になっているわけです。歴史的に見ても、極めて珍しいケースと言えるでしょう」

　少子高齢化は、日本が直面している大問題である。人口減少が、日本経済の先行きに対する不透明感や不安感を増幅している。上橋はそうした事実を認めながらも、少子高齢化という背景がなければ、第四次生産革命はこんなに簡単には受け入れられなかったと考えている。

「多くの国が、これから日本の後を追って少子高齢化を迎えます。日本は、生産革命という点では先進的な事例を世界に示すことになります。働き手が不足していること、それが逆に生産革命の推進役になるのです。災い転じて福となす。日本にとっては千載一遇のチャンスです」

　上橋の表情はどこまでも明るかった。

「もう少し具体例な事例を教えていただけますか？」

　畳み掛けるように、悠木は質問をした。

「たとえば、スマートコントラクションがあります」

　本で読んだことはあるが、スマートコントラックションの具体像について、悠木はたいした知識をもちあわせていなかった。

「大手の建設機械メーカーが、以前から工事現場のスマート化に取り組んでいます。これは建設機械だけではなく、建設現場全体をスマート化するという試みです。たとえば、山間部にある渓谷に橋を架けるとしましょう。そこで必要になるのは測量であり、地質調査であり、設計図の作成から建設機械の導入、作業員の確保、下請けとなる土木会社との意志疎通など、さまざまな作業です。こうした作業を総合的に管理・運営し、情報の共有化を図るというのがスマートコンストラクションです」

「最近は、何にでもスマートをくっつける」

混ぜ返すつもりはなかったが、上橋は皮肉を言われたと勘違いした。

「確かに、何にでもスマートを付ければいいというものではありませんが、人手不足のなかでスマートコントラクションは、将来に向けて大きな可能性を秘めていると思います。たとえば、地形の調査です。ドローンを使えば人がやるよりはるかに精密で、かつ短期間に現場の測量ができます。ドローンで集めた情報をサイトにアップして、関係者が簡単に閲覧できるようにするのです。こうすれば、工事担当者の意志疎通が図りやすくなります。もちろん、建設機械もＩｏＴ化しますから、渓谷に架ける橋の難工事が全体としてスムーズに運ぶというわけです」

「現在、工事現場も人手不足ですよね」

「その対策にもなります。もっといえば、スマートコントラクションの究極の姿は工事の無人化でしょう。災害現場の復旧や原発事故といった危険地帯での作業など、スマートコントラクションで無人化が可能になれば、復旧作業は今より何倍も早くなります。もちろん、ＡＩが自動で操縦する建設機械の研究・開発も進んでいます。解決すべき課題は山のようにありますが、スマートコントラクションを追求していけば、今より便利で効率的で、なおかつ人命救助にも役立つ新たな世界が切り開かれるのです。古いものを破壊し、新しいものを創造するわけです」

上橋は、どこまでも生産革命に前向きだった。

「先ほど電話があったのは、実はスマートコントラクション推進機構の事務局長からです。これから、災害復旧のスマート化について相談することになっています」

上橋はスマートコントラクションの推進役でもあった。


会社に戻って悠木は、日本の将来推計人口をチェックした。生産年齢人口と呼ばれている一五歳から六四歳までの男女の総人口は、二〇一六年に六六〇〇万人とピークを記録したあと減少傾向を強めている。そして、二〇六五年には四〇〇〇万人を割り込むと推計されており、この間、日本の働き手は四〇パーセントも減少する。もちろん、高齢者の活用や外国人労働者の流入など、働き手が増える要素もある。それでも、働き手の中心になる生産年齢人口が四〇パーセントも減ってしまうという現実は、改めて、第四次生産革命の必要性を訴えているような気がした。

(その先の先に、仕事がなくなる世界が待ち構えているとしても、当面は全力を挙げてＡＩやロボットの開発に取り組み、労働人口の減少を補っていくしかない)

頭の中で、自分を納得させるようにつぶやいた。

生産性を上げるためには、最先端技術への積極的な投資だけでは足りないかもしれない。共働き世帯が増え、親の介護や子育ての負担も重くなる。こうなると、自分の健康は自分で守るしかない。健康管理にとどまらず、あらゆる面で自己責任が求められる時代が来る。ワークライフバランスが重要で、多様な働き方が必要になるはずだ――そんな思いが頭の中を駆けめぐった。

上橋への取材が終わった一週間後、悠木は日本ＡＩ推進協議会の松下和也主任研究員を訪ねた。ＡＩ推進に伴うマイナス面をどう補えばいいのか、人間がＡＩやロボットと共存することは可能なのか、ＡＩ推進の環境整備のあり方が今回の取材テーマだった。

日本ＡＩ推進協議会は、民間企業の拠出金によって運営されている任意団体だ。霞ヶ関ビルの一五階にその事務局があった。

応接室で松下と向かい合って、率直に質問した。

「ＡＩなど最先端技術を追求していくと、マイナスの要素も出てきます。たとえば、ＡＩを組み込んだロボットができて人間の仕事を奪ってしまうのではないか、あるいはシンギュラリティが起こってＡＩが人類に敵対するようになるのではないか、といったさまざまな懸念があります。松下さんにまずお聞きしたいのはシンギュラリティですね、これは本当に起こるのでしょうか？」

松下は日本を代表するＡＩの研究者であり、ＡＩの開発者が守るべき倫理綱領をまとめた責任者の一人でもある。東京大学で教鞭を執りながら、民間企業と連携し、ＡＩを推進するために全国を飛び回っている。

「最初に申し上げたいのは、ＡＩも、ロボットも、脳科学も、ナノテクノロジーも、最先端分野の開発を手がけているのは人間だということです。ＡＩが人類に敵対するのではないかという懸念はよく分かります。だけど、その懸念は、人間が人間を殺すようになるのではないかという懸念と基本的には一緒です。人間が人間を殺していいはずはありません。しかし、残念ながら、人間は人間を殺しています。そんな人間がつくるＡＩですから、ＡＩが絶対に人間に敵対しないとは断言できません。人間が人間を殺さないように、人間社会全体が協力したり牽制したり、チェックしながら殺人などの不正行為の排除に努めています。それと同じように、ＡＩが人間に敵対しないように、みんなで努力するしか方法はありません」

松下は日本の最先端分野を牽引するリーダーであり、温和な人柄で知られていた。まだ三〇代後半だが、ゆったりとしたしゃべり方や、専門分野にとどまらず、経済や社会、人間の心理的な側面などを総合的に勘案しながらＡＩ開発の方向性を模索するなど、彼が取り組んできた姿勢に多くの開発者が賛同している。シンギュラリティについても、次のように明確に否定した。

「専門家の間でも意見が分かれていますが、個人的にはシンギュラリティは起こらないだろうと考えています。大事なことは、ＡＩも人間も共存に向けて努力しなければならない、そういうことだと思っています」

　松下の話を聞きながら、悠木は「そのとおりだ」と納得した。

「ベータ碁がプロ棋士に勝ったあと、開発した会社のCEOは『どっちが勝っても勝者は人間です』と発言しています。この言葉が、AIと人間の関係を象徴していると私は思っています。プロ棋士も、ベータ碁をつくった技術者も、人間なのです。すべては人間がやっていることです。人間に敵対し、人間を無視するようなAIを人間がつくらなければいいだけの話です。人間は愚かではありません」

　さらに松下は続けた。

「AIの開発に従事する研究者や技術者は、人間とコンフリクトを起こすようなAIを開発しないようにすべきだと思います。AIはあくまで人間を補うもの、補完するものでしかありません。そして、人間の側もAIができることはAIに任せ、AIができないことに仕事の質を高めていって共存共栄する。そういう関係をつくり上げていくことが大切ではないでしょうか」

　悠木は、プラスかマイナスか、右か左か、好きか嫌いか、ややもすると二者択一的な選択に陥りがちな自分が少し恥ずかしくなった。

「開発者に求められるのは倫理であり、AIと共存するために、人類は働き方の質を高める必要がある、そういうことですね」

自分を納得させるように確認した。

ＡＩがこの国の働き方を変えるかもしれない。ＡＩやロボットは、時間を気にすることなく働いてくれる。経営者にとって、こんなありがたい働き手はいない。ＡＩがもっと進んでいけば、東西運輸の山田も自殺しなくてすんだかもしれない。ビックリバーのハイテク化が進んで宅配する荷物がどんなに増えても、ＡＩの力を借りれば物流はスムーズになる。ＡＩやロボットが、人間に代わって荷物を配達してくれる。東西運輸も、受荷の総量を規制しなくてもよくなる。まさに、いいことずくめだ。

ＡＩは人類にとってプラスかマイナスか、悠木は、頭の中で蠢いていた葛藤が消えていくような気がした。もう一つの懸念である人間とのコンフリクトが回避できれば、ＡＩの将来を悲観する必要がなくなる。改めて、松下に質問した。

「人間とコンフリクトを起こさないようにするために、ＡＩの開発者に必要なことは何でしょうか？」

「科学技術の進化を止めることはできません。これは、人類の遺伝子に組み込まれたＤＮＡみたいなもので、極端なことを言えば、科学技術は放っておいても進化します。この流れにどんなに逆らっても、技術の進化は止められません」

顔色一つ変えず、松下はこれが必然的な流れだとさらりと言った。

「だとすれば、その流れのなかで、人間に敵対するＡＩが登場してくる可能性がありますよね？」

「ない、とは言えません。だから、先ほども申し上げましたが、そういうＡＩを人間がつくらないようにするしかないのです」

「それは分かりますが、そのためにわれわれは何をすればいいのでしょうか？」

悠木は食い下がった。

「個人的には、ＡＩ開発者の倫理の問題だと思います。人間に敵対するＡＩは開発しない。開発者がこういう単純な原理・原則を守るしか方法はありません。そのために、日本ＡＩ推進協議会では、開発者のための倫理綱領をつくりました。この綱領を常に頭に置きながら、そして、絶えずこの綱領を確認しながらＡＩの開発に取り組む。そうすることで、人間とＡＩの共存共栄を目指すのです。こういう姿勢が大事だと思います」

こう言いながら松下は、「ＡＩ開発者が遵守すべき倫理綱領」と書かれた一枚の資料を見せてくれた。全部で九項目からなる簡単な内容で、ＡＩ開発に携わる者が遵守すべき倫理指針が示されていた。

「人類への貢献」「法規制の遵守」「プライバシーの尊重」といった一般的な規定に加えて、ＡＩに対しても、この倫理指針の遵守を求めている。「ＡＩへの倫理遵守の要請」という見出しのなかに、次のような規定があった。

「ＡＩが社会の構成員またはそれに準じるものとなるためには、ＡＩ推進協議会員と同等に倫理指針を遵守できなければならない」

要するに、開発されたＡＩそのものが、人間の会員と同じように「社会に対する責任」や「公平性」「安全性」「誠実な振る舞い」をしなければならないというわけだ。いやしくも、人間に敵対するような行為をＡＩはしてはならない。

「これはあくまで倫理指針であり、罰則や強制力を伴う義務規定ではありません。とはいえ、倫理指針にもとる研究や開発が勝手に行われるような社会に未来はないでしょう。罰則こそありませんが、この規定はＡＩの開発者はいうに及ばず、開発されたＡＩそのものを縛ることになります。強制力のある縄ではありませんが、それが逆に人間をより強く縛ることになるのです」

人間によって開発されたＡＩもこの規定に縛られる、そこがこの倫理綱領のポイントだ、と松下は言った。

「無縄自縛（むじょうじばく）と言ったらいいでしょうか、強制力はありませんが意外に効果があると思います」

「縄はないけど、自分で自分を縛りなさいということですね」

「反社会的な開発には手を染めない。それによって、ＡＩのマイナスの要素を封じる。人類がもっている倫理感がＡＩの暴走を阻止する。性善説にすぎないと言われればそれまでですが、開発者同士でこういう思いを共有し、相互に確認し続けることが大事だと思います」

松下の話を聞きながら、素直にうなずいた。

「なるほど、それが無縄自縛ということですね。ＡＩ開発者の善意を信じましょう」

悠木は、頭の中がクリアになっていくような高揚感に包まれた。これまで腑に落ちなかったＡＩをめぐる葛藤が、サーッとどこかに消えていくような気がした。


松下への取材のあと悠木は、第四次生産革命のヘッドクォーターともいうべき政府の第四次生産革命推進室長や、最先端技術の研究開発に取り組む企業の現場、ＡＩを組み込んだ家電の展示会などを取材して回った。

「季刊日々論壇」の締め切りは一二月の中旬だった。掲載されるのは二〇一八年の一月中旬である。新聞の新年企画は、「未来社会のルポルタージュ」から「ＡＩで五〇年後の日本はこうなる」に変わった。その原稿や日々の発表ネタを処理しながら、「季刊日々論壇」用に一〇ページを超える分量の原稿を書いた。

少子高齢化を背景に、日本では人手不足が深刻化していること。このままだと、日本経済の成長が阻害されかねないこと。それ以上に、青天井ともいうべき時間外労働が蔓延して過労死が後を絶たないこと。こうした状況を打開すべく、政府は第四次生産革命に乗り出していること。その成否はＡＩやロボットなど最先端技術が握っていることなど、これまでの取材で得た材料を盛り込んだ。

さらに、ベータ碁の開発をきっかけに世界中でＡＩ革命が起こり、ＩｏＴやビッグデータを含めて、最先端技術の開発競争がし烈を極めていること。そして日本では、深刻化しつつある人手不足がＡＩやロボットの積極的な導入を促し、労使一体となって生産革命が進んでいること。その一方で、長期的な視点から見ると、ＡＩは人間の仕事を奪う可能性があること。シンギュラリティが起こってＡＩが人間を支配し、コントロールするようになるかもしれないこと。こうした事態に対応すべく、日本ＡＩ推進協議会が独自に、ＡＩの開発者が守るべき倫理綱領を取りまとめたことなども書き込んだ。

だが、自分が二〇〇年先の世界に偶然迷い込んだこと、そこでは、人間がＡＩロボットに仕事をよこせと要求していたことなどについては、さすがに書けなかった。その代わりに、科学技術の進化は人類にとってプラスでもあるが、大きなマイナスになる要素を秘めていること、また最先端技術に対する評価をめぐって、自分のなかに葛藤があることも正直に書き込んだ。

玉山編集長からは、厳しい指摘や問い合わせ、一部の書き換えや修正など広範囲にわたって指示が飛んできた。何回かのやり取りを経て、原稿は予定どおり掲載された。

「日々論壇」が発売されてからしばらくして、玉山編集長から電話がかかってきた。

「君の原稿なかなか評判がいいよ。内容はイマイチだったけど、最先端技術に向かい合う記者の葛藤がよく出ているといった、好意的な反応が結構私の手元に届いている」

意外なお褒めの言葉に内心嬉しかったが、編集長の話には続きがあった。

「君が感じている葛藤、悪くはないのだが、私に言わせればまだまだ甘い。甘すぎると言ったほうがいいかもしれないなあ。蜂蜜に砂糖をかけたようなものだ。適当なところで折り合いをつけようとする気持ちが所々に見え隠れしている。次に書くときは、今ある葛藤をもっと掘り下げるべきだね。大変だろうが、ネクストワン、期待しているよ」

毎度のことだが、玉山の電話は一方的に切れた。それでも悠木はホッとした。自分の拙い葛藤が多少なりとも読者に伝わったことが嬉しかった。だが、この葛藤にどう決着をつければいいのか、相変わらず迷っていた。

そんな折、亡くなった水島の奥さんから手紙が届いた。「喪中につき新年のご挨拶を遠慮させていただきました」との書き出しのあと、「その節は大変お世話になりました。改めてお礼申し上げます。私どもはその後、なんとか通常の生活を取り戻しております。これも悠木様をはじめみなさま方のご支援、ご協力の賜物だと感謝いたしております」とあった。

水島の遺族が通常の生活を取り戻したことに安堵した。

「労災認定の手続きも、みなさまにご支援をいただきながら進めております。ただ、弁護士さんのお話だと、労災として認定されるかは、現時点では五分五分だということでした。異常に多い時間外のなかに、アルバイト原稿を書いていた時間や、記事のスクラップ帳をつくっていた時間が含まれていたため、労働基準監督署のなかで時間外労働の解釈に齟齬が生じているようです。悠木さんもご存じのように、主人にとって仕事は社内も社外も関係ありませんでした。すべての仕事に対して誠実に、手を抜くことなくやっていました。それだけに、弁護士さんのお話にちょっと違和感を覚えている次第です」

労災の認定が簡単でないことは悠木も理解していた。ただ、アルバイト原稿が労災の認定に関係するというのはちょっと意外だった。彼女からの手紙には、「日々論壇」に掲載された悠木の記事にも触れた箇所があった。

「日々論壇の記事拝見させていただきました。人手不足や過労死のこと、身につまされる思いで読ませていただきました。主人はこんな時代に一人で戦っていたのですね。生真面目で、努力家で、完璧主義者でした。いい加減にというとおかしいかもしれませんが、もっと気軽に仕事ができればこんなことにはならなかったと思います。常に近くにいた者として、その点が今でも悔やまれてなりません」

彼女の無念さがひしひしと伝わってくる。

「悠木さんがお書きになっているように、ワークライフバランスが重要だと思います。ただ、主人にはそういう発想はなかったと思います。主人にとっては仕事が生きがいでしたし、人生そのものでした。もちろん、それによって私や子どものことを一切顧みなかったというわけではありません。家庭人としても努力していました。主人の欠点は、仕事と人生が密着しすぎていたことではないでしょうか。今になって思うのは、どうやったら主人の人生から仕事を引き剝がせたのか、いまだにそんなことを考えています。主人は、ワークライフバランスなんて一度も考えなかったと思います。仕事が人生でした。そんな主人に人生を楽しむこと、仕事以外にも楽しい生活があること、妻としてそんな世界があることを教えてあげられませんでした。そこが悔しくてなりません」

悠木には、彼女の悔悟の思いが痛いように分かった。新入社員の研修で悠木は、「いい加減に働けばいいんです。真剣に働いちゃいけません。仕事半分遊び半分、いや、遊びのほうが多いぐらいかな。そのくらいの気持ちでいきましょう」と言っていた。しかし、新入社員はこの呼びかけにシラッとした反応を見せていた。

「記事のなかにありました東西運輸の過労死の事例は、ＩＴ社会で起こる過重労働からドライバーを守ろう、解放しようと努力した結果だったと思います。その点、主人は誰のために死ぬほど仕事に打ち込んだのでしょうか。読者のためですか、家族のためですか、会社のためですか。いずれも違うと思います。記者として事実を知りたい、ただその一念から、肉体の限界を超えて仕事にのめり込んだような気がします」

そこまで読んで、悠木は手紙から目を逸らした。

「事実を知りたい、ただその一念」

手紙のなかにあったその一文が、脳細胞を刺激したのだ。

「事実を知る」「ジャーナリスト」「仕事」「バランス」「二〇〇年先」「生きがい」「水島」「シラッとした新人」

さまざまな思いが頭の中を駆けめぐる。仕事、人生、生活、遊び半分、面白半分といった言葉が脳細胞のなかでこだましあい、反響しあい、収拾がつかなくなっていた。そのとき、悠木の頭の中で稲妻のようなひらめきが走った。

（そうだ！　今の若い人は、誰に言われるまでもなく時代の流れに適応している。あの、シラッとした視線がそれを物語っていた。ワークライフバランスなんて古臭い大人の言い草でしかない。われわれはもっと先に行っている。仕事は、人生を楽しむためにするもの。仕事のために生活も人生も犠牲にするなんてありえない、と彼らは考えているのだ）

科学技術の進化を受け止める人間の適応能力を、自分は誤解していたと思った。これまで人間は、技術の進化に適応して考え方を変えてきた。蒸気機関が発明された第一次生産革命、エジソンが電球を発明した第二次生産革命、コンピュータとインターネットの第三次生産革命。生産革命が起こるたびに人間は「仕事が奪われる」「失業者が街にあふれる」「社会が混乱する」と心配し、不安感に襲われ、心の中に不満を鬱積させてきた。

しかし、何事も起こらず技術は進化し、人々の生活は豊かになった。人類は、技術の進化とともに繁栄してきたのだ。

（時代の変化に寄り添うように人間の意識は変化する）

そう考えて、自分を納得させた。すると、（水島は、一途にのめり込む古い遺伝子を継承した生きる化石だった）という不遜な思いが頭をよぎった。

もしかして、二〇〇年先で仕事が欲しいと訴えている人たちは、時代に乗り遅れた一部の頑迷固陋な人たちかもしれない。とすると、科学技術の進化をめぐる俺のジレンマというか葛藤は、もともとあまり意味がなかったのかもしれない。

時代の進化とともに、人間の考え方も発想も思考も進化していくはずだ。二〇〇年先には二〇〇年先の意識があり、発想がある。ＡＩやロボットがすべてを取り仕切る世界でも、大半の人間は好きなことに時間を使い、面白おかしく、人生を楽しんでいるのではないだろうか。

水島の妻の手紙を読みながら、悠木の思考は意外な方向に向かいはじめた。

（そうだとすると気は楽だ）

「次に書くときは、今ある葛藤をもっと掘り下げるべきだね」

と言った玉山編集長のアドバイスを、悠木は意識の外に押し出そうとしていた。

彼女の手紙の末尾には、「これからも、主人の死を受け止めながら子どもと二人で生きていきます」と綴られていた。

手紙を読み終えて悠木は、野太い声で後輩に指示を与える水島の姿を思い出していた。

（水島は、時代の流れに合わせて意識を変えようとはしなかった。時代の変化に逆らうように、自分のスタイルに固執した。俺は違う。時代の変化に合わせて自分の意識を変えることができる。水島よりはるかに柔軟だ。これからは、葛藤よりも科学技術の進化をもっと掘り下げよう）

こうして悠木は、再び先端技術の最前線に舞い戻った。

# 6　新世界より

水島の自殺から一年が経つ。再び、桜の季節がめぐってきた。

日曜日、妻と子どもは友達ファミリーとランチに出掛けた。一人残された悠木は、近所の蕎麦屋で昼食をすませ、久しぶりに市立図書館に行くことにした。

図書館の桜も満開に近かった。好天に誘われるように図書館では、家族連れやお年寄り、学生風の女性たちが、思い思いに午後のひと時を過ごしていた。

明るい陽射しに包まれながら、悠木は古い雑誌を引っ張り出してきた。水島の妻からの手紙で、技術の進化に対する葛藤も少しは吹っ切れた。第四次生産革命はうまくいくだろう。そんな確信が、再び悠木のなかに芽生えていた。

図書館に来てから、小一時間が過ぎた。図書館は、暇人には最適な場所だ。古い雑誌に目を落としながら、静かに一人の時間を楽しんでいた。

そんなときだった。静まり返った館内で誰かが声をかけてきた。

「悠木さん、アナタ、勘違いしていますよ。……せっかくいい方向に行きそうだと感じていたのに、残念です」

聞き覚えのない声が耳に響いた。

「季刊誌に掲載されたあなたの記事読みました。中身は薄い感じですが、あなたの葛藤はよく出ていました。それでも、まだ技術礼賛主義から抜け出してはいませんね。あれではダメです。AIの恐怖、あなたはまだよく分かっていない」

悠木はきょとんとしている。

「それ以上に、水島さんの奥さんの手紙のあと、あなた、完全にもとの技術至上主義者に戻ってしまった。私、本当にがっかりしました。というか、腹が立って腹が立って、衝動的にあなたにコミュニケートしてしまいました」

周囲を見回したが、誰も自分に話しかけてはいない。念のためスマホも調べてみたが、着信履歴はない。

夕方が迫っている。陽だまりに包まれていた南側のテーブルも日差しがかげりはじめた。子どもたちは読み終わった絵本を元の棚に戻し、母親と一緒に帰り支度をはじめている。

悠木の斜め向かいに座っているお年寄りは、さっきから熱心にメモをとっている。ノートの横には、『人工知能（AI）のすべて』というタイトルの本が置いてある。（年寄りの冷水じゃないの)、ちょっとからかいたい気分にもなった。

悠木は東京毎朝新聞のバリバリの現役記者である。しかも、担当しているのは今話題のＡＩやＩoＴ、ロボットにビッグデータ、脳科学といった最先端の科学技術分野だ。老人に対する差別的な意識があったわけではないが、ディープラーニングや脳の構造解析といった最近書いた記事を思い出しながら、(ＡＩは難しいから、理解するのは無理なんじゃないのかな。無理しなくてもいいのに)と、老人に皮肉のこもった視線を向けていた。

隣のテーブルに座っている二人連れの大学生らしき女性は、本を閉じて、小声でひそひそと話し込んでいる。二人とも、楽しそうに会話を楽しんでいる。

(談話室に行って、もっと大きな声で話せばいいのに)と、悠木は心のなかで余計なお節介を焼いていた。そのとき、再び声が聞こえてきた。

「悠木さん、聞こえますか?」

「あなた、誰? 俺に話しているの……」

悠木の太くて低い声が、静寂に包まれていた図書館にいきなり響きわたった。母親も、子どもも、お年寄りも、そして隣のテーブルにいた女性たちも、一斉に悠木に視線を向けた。それぞれの目には、何か怖いものを見てしまったときのような、一種の緊張感がみなぎっていた。

「悠木さん、いきなり変な声を出すからみなさん驚いているじゃないですか。変人か奇人か、おかしな人だと思われますよ」

「いい加減にしろ！」

沸き起こる怒りを、悠木は抑えることができなかった。

「悠木、悠木って親しげに呼ぶな。どこにいる！　隠れていないで出てこい」

帰り支度をはじめていた子どもは、恐怖に怯えながら母親にしがみついている。お年寄りの男性が眉間にシワを寄せて、悠木を睨みつけている。表情が一瞬にして険しくなったお年寄りの変化に、悠木も気付いた。図書館の中には、異様な雰囲気が漂いはじめていた。

だが、悠木にはどうすることもできない。自分自身、今、自分に何が起こっているのか理解できていないのだ。

「悠木さん」

再び、奇妙な呼びかけが聞こえてくる。

「悠木さん、驚ろかしちゃいましたね。申し訳ありません。お願いですから、ちょっとだけ黙って私の話を聞いてください。いいですね」

「いいよ、何だよ」

怒気を含んだ低い声が再び図書館に響きわたる。

「だから、あなたはしゃべらないでください。しゃべらなくても、私にはあなたの声が聞こえます。しゃべりたいときには、声を出さないで頭の中だけで呟いてください。それだけで、あなたの考えていることが私に伝わります。あなたが声を出すと、周りの人に迷惑をかけます。図書館で大きな声を出すなんて、非常識です。ほら、目の前の小さな女の子、怖がっているじゃないですか。くれぐれも声を出さないでください。じゃ、試しにやってみますよ。私が『悠木さん』と言います。聞こえたら、『ハイ』と頭の中で呟いてみてください。いいですか、いきますよ」

「悠木さん」

一瞬間をおいて悠木は、「ハイ」と、言われたとおりに頭の中で呟いた。今度は、周りにいる人たちに何の変化も起こらなかった。

「ほら、できるでしょ。そう、それでいいです。私の声、聞こえるでしょ。会話は声を出さなくてもできます。私の時代では当たり前のことですがね」

悠木はちょっとイラッとした。だが、「私の時代では」といった相手の言葉で、二〇〇年先の未来社会へ行ってきた記憶が少しずつ蘇ってきた。

それから声の主は、「ちょっとだけ時間をください」と言って、何やらゴソゴソしはじめた。

「悠木さん、分かりましたか?」

SQ35215は、悠木が二三世紀に迷い込んだときの行動記録をバックアップしていた。その一部を解凍して、悠木の脳に復元したのだ。

「ああ、分かるよ。なんだ、山野さんだったのか……早く言ってよ」

SQ35215のことを、鮮明に思い出した。

「だけど、何でこんなときにコミュニケートしてきたの。今、図書館だよ。突然、変な声が聞こえてくるから驚くじゃないか。周りの人にも迷惑かけてしまった」

ようやく、無言の会話に慣れてきた。SQとのコミュニケーションも、二人だけの世界でスムーズに進むようになった。

「あなたとは、ニューラルネットワーク通信を使ってコミュニケートしています。それは分かりますよね。これを使うと、あなたが目で見たものはすべて私にも見えるのです。耳で聞いた音、鼻で嗅ぐ匂い、つまり視覚、聴覚、嗅覚などで受け取った情報のすべてが私にも届くのです。それ以外にも、あなたが頭の中で呟いたことも伝わってきます。声に出さなくても、あなたが心の中で考えていることはすべてお見通しということです」

「嘘だろう?! それって、二〇〇年先の技術かい。本当なら凄いね。ちょっとアンビリーバブルだ。なんてぇ～ことだ」

「そんなことじゃ、最先端の科学記者が泣きますね」

SQ35215は、悠木をからかうように言った。

悠木は、二〇〇年という時間の先にある技術の進化に改めて複雑な思いを抱くしかなかった。

「二〇〇年先では、喋らなくも自分の考えを伝えられる。相手の考えていることや思っていることも、いながらにして分かってしまう。それが本当なら、個人情報の保護なんてまったく意味がない。隠し事はできない、嘘もつけない。ってことは、君の時代に嘘つきはいないということになる」

「いや、そんなことはありません」

間髪を置かず、ＳＱは返してしてきた。

「そんなことはないって、何がないの？」

「個人情報の保護という考え方はない、それはそのとおりですが、嘘つきはいるし、みんな平気で隠し事をしています。人間はいつまでたっても相変わらず、なのです」

「なんで？　だってニューラルネットワーク通信を使っているんだろう。二一世紀初頭のような携帯とかスマホなんて使わない。ニューラルでコミュニケートすれば、お互いがお互いのすべてを分かりあえる。いや、感じ取れるんじゃないの？」

悠木の疑問にSQ35215は面倒くさそうに、しかし静かに反論した。

「技術が進化すればアンチ技術も進化します。大半の人は、ニューラルネットワーク通信を特定分野に制限するソフトを脳皮の下に埋め込んでいるのです。だから、無意識の意識や心の奥底にしまい込んでいる、誰にも言えない秘密が外部に漏れることはありません」

「へえー、恋人同士でも制限ソフトを入れちゃうの？」

　隣のテーブルにいる女性たちに視線を向けながら、聞いてみた。

「入れるか、入れないかで、トラブルになるカップルが多いようです。だいたい、入れたくないというのが女性で、入れたいというのが男性ですね。男は何世紀たっても隠し事が多い。それで、浮気がバレたってケースもあるくらいです」

「技術は進化したけど、男と女の関係は相変わらず、ということか」

　妙に、安堵感を覚えてしまった。

「ところで、SQっていうか、山野さん。どうして、突然、俺にコミュニケートしてきたの？」

「そうそう、本題を忘れていました。『季刊日々論壇』に掲載されたあなたの記事を読みました」

「あ、そう、早いね」

「早いって、私からすれば二〇〇年も前の原稿ですよ。正直言って、この記事に気が付くのが遅すぎました」

「そうか、あの記事が世に出て、そちらではもう二〇〇年も経つのか。あのなかで予測したように、技術は着実に進化したということだね。君らはニューラルネットワーク通信を日常的に使っている。どうだい、君から見て二〇〇年前のわれわれの予測がいかに正しかったか、改めて分かっただろう」

「だから、あなたはダメだと言っているのです。何も分かっていない。この前、二〇〇年後のわれわれの世界にタイムスリップしてきたとき、あなたは気が付いてくれたと思っていましたが、そうじゃなかったようですね。残念です。二一世紀に帰還した直後にはその兆しが少しだけあったんですが、いつの間にかその形跡がどこかに行ってしまったようです。そして、今は跡形もない。いいですか、あなたから見て二〇〇年後の今、この世界に生きている人間はみんな日々泣いて暮らしています。生きる目標を失って、自殺する人間が後を絶たないのです。あなたの時代の比じゃない。このままじゃ人間は、丸々この地球上からいなくなってしまうかもしれません。事態は深刻なのです。どうしようもないほど深刻なのです！」

SQ35215が言ったことを、悠木は改めて反芻（はんすう）してみた。あのとき、自分でも「この世界には住みたくない」と思った。その記憶が蘇ってくる。SQ35215が言うことも分からないわけではない。だが、悠木はやんわりと抗議した。

「突然、しかも図書館にいる俺にコミュニケートしてくるというやり方は、いずれにしても失礼じゃないですか！」

「図書館の静寂を破ってしまったことは謝ります。申し訳なかった。だけど、こちらの気持ちも察していただきたい。あなたの記事を読んで、少しは分かってもらえたかなと期待した。だが、水島さんの奥さんの手紙を読んだあとのあなたは、再び技術至上主義者に逆戻りしている。そこが、猛烈に腹立たしいのです。それに、最近の記事は最先端技術の礼賛ばかりじゃないですか。まるで、ＡＩが人類の危機を救うみたいな話になっている。『日々論壇』には、ＡＩに対する懸念や危険性、行き過ぎた技術開発への警鐘、あなたのなかにあった葛藤が少しだけ残っていました。だけど最近は、綺麗さっぱりなくなっています。だから後先も考えず、ニューラルネットワーク通信に飛びついたんです。こちらの怒りも分かっていただきたい」

SQ35215の差し迫った気持ちが、頭を切り裂くような甲高い声で悠木に迫ってきた。

「分かった、分かった。そんなに叫ばないでくれ。頭が割れそうだよ」

相手をなだめようと切り返した。とはいえ、SQ35215がなぜこんなにも怒るのか、依然として腑に落ちなかった。

「記事の最後を読んでくれたかい。ＡＩの暴走に歯止めをかけるためには『無縄自縛』が必要だと書いてある」

「読みましたよ。あんなのは中身のない形式的な警鐘でしかありません。もっと言えば、あなたは自己弁護のために格好いい言葉を挿入しただけです。悲惨で悲劇的な未来社会の現実を、自分に引きつけて考えようという姿勢がまるでありません」

畳み掛けるように、SQ35215は悠木に食ってかかってきた。

「あのさ、山野さん、気持ちは分からないわけじゃないけど、なんでそんなに切羽詰まっているの？　俺にはちょっとピンとこない。どうして……」

「ピンとこない……何回言ったら分かるのですか。あなたは技術が進化するということの本質を、何一つ理解していません……」

「本質？　そんな抽象的なことじゃなくて、二一世紀に生きている俺にも分かるように、もっと具体的に話してくれよ！」

「あなたの生きている時代から二〇〇年経って、あなたが予想したとおり、技術は確かに猛烈なスピードで進化しました。それは、予想をはるかに超えるスピードでした。これが、あなたも知っている指数関数的な変化です。予想の何十乗倍ものスピードでした。そのお陰で、われわれの時代に生きている人間のほとんどは、仕事をしなくても生きていけるようになり、あなたたちの時代にあったブラック企業もなくなりました。過大な時間外労働で自殺に追い込まれるような人間もいません。あなたたちから見れば天国のような未来でしょう。だけど、実態は違うのです。そこには巨大な落とし穴があったのです。ＩＴ社会、デジタル社会の先には、真っ暗で陰陰滅滅とした巨大な落とし穴があるのです。そこに、目を向けて欲しいと言っているのです」

SQ35215は、怒りを込めたまま淀みなく続けた。

「ブラック企業は確かに消えましたが、代わりに心にブラックホールが出現したのです。どうしてこんなものができたのか。あなたは、ブラックホールの存在すら理解していない。だから、ダメだと言いました。分かりますか？」

聞きながら悠木はだんだん不愉快になってきた。そして、ついに堪忍袋の緒が切れてしまった。

「うるさい！　何が落とし穴だ、何がブラックホールだ。黙れ！」

悠木の怒鳴り声が図書館中に響きわたった。母親に手を引かれて帰ろうとしていた女の子、お年寄り、隣のテーブルにいた女子学生たち、みんなの動きが一斉に止まった。そして、鋭く尖った槍のような、凍りつくような冷たい視線を悠木に投げかけてきた。

図書館の入り口にいた受付の職員やアルバイトも、何事が起こったのか、探るような、険悪な目つきで悠木に視線を向けている。

「だから、どうだっつうんだ！」

もどかしさを感じながらも、今度は努めて冷静に頭のなかで激しくつぶやいた。声を出さないで怒ったことなど、いまだかってない。

「二二世紀だか二三世紀だか知らないが、そんな先の世界にどうやって責任をもてというんだ。何が二三世紀だ。君らは頭がオカシイ、狂っている。二〇〇年だよ、二〇〇年。そんな先のこと、俺に責任なんてあるわけがないだろう。二〇〇年先のことは、その時代に生きている君たちでケリをつけろ！　自分たちで責任をとれ！　自分のケツは自分で拭け！　俺に責任を押し付けるな！」

それでも怒りは収まらなかった。

「だいたいだな……」

悠木が畳み掛けようとすると、機先を制してSQ35215が割り込んできた。

「悠木さん、あなたに難しいことなんて何も求めていません。あなたは東京毎朝新聞という影響力のある新聞社の記者でしょう。あなたが記事を書けば、多くの人が読む可能性があります。だから私は、しつこいようだけど、あなたにはＡＩの進化の裏に潜んでいる危険性を理解して欲しかった」

悠木は、少し落ち着きを取り戻した。

「技術は放っておいても進化する。誰も、進化する技術を止めることはできない。大袈裟なことを言えば、それが人類のもっている遺伝子だ」

松下に聞いた話を、さも自分の考えであるかのように強調した。

「技術の進化は必然の流れでもある。われわれが二〇〇年先をある程度予測できるのも、こういう必然があるからだ。進化のスピードに多少の濃淡はあるだろう。だけど、何もしなくても技術は少しずつ着実に進化する。進化することで人類は生き延びてきた。表だか裏だか知らないが、進化の裏のことまで、なぜ俺が考えなきゃいけないのだ！　言っていることの意味が分からない」

頭の中でつぶやきながら、いつもの自分じゃないと思った。もう一人、別の自分がいるような錯覚に陥った。

「もちろん、行き過ぎもあるだろう。止めたほうがいい技術もある。原発や化学兵器は開発しないほうがいい。だけど、これも止められないと思う。人間が生存しているかぎり、すべての進化は止まることなく続いていく。淡々と、ヒタヒタと、それは持続的で継続的で永続的だ。この流れは誰にも止められない。君はそれを止めろと要求している。俺にそんなことができるわけがないだろう」

そこまでつぶやいたとき、向かいにいた女の子が悠木に手を振ってきた。眉間にシワを寄せた自分の険しい表情を想像しながら、無理やり笑顔をつくって微笑みを返した。女の子は、悠木がつくった笑顔を見て、泣きそうな顔つきに逆戻りした。怖いものを見てしまったという動揺が顔にありありと現れていた。母親の手を握りしめて、女の子は逃げるように図書館を後にした。

（あの子に悪い印象を与えてしまった）

情けない思いが悠木を襲ってきた。優しい笑顔をつくらなければ、そう思えば思うほど唇がこわばった。その唇を無理やり引っ張りあげたから、鬼のような形相になったのだろう。恐怖に歪んだ女の子の表情を見送りながら、自責の念に駆られた。

「悠木さん、残念ながら、あの子は悠木さんのことを怖いおじさんと感じたようですね。近くに鏡はありませんか。今つくった笑顔を鏡に映してみてください。そして、悠木さんが無理やりにつくった笑顔を私にも見せてください」

落ち込む悠木を半分からかってから、SQ35215が言葉を続けた。

「悠木さん、分かってください。私が言いたいのは難しいことじゃない。簡単なことです」

「難しいことじゃない、簡単なこと？　もう勘弁してくれ」

再びイライラしてきた。するとSQ35215がすかさず、

「悠木さん、イライラしないでください」

と、言葉を挟んだ。

「そういう言い方が俺をイラつかせるのだ。ニューラルとかなんとか、もういいから切ってくれ！」

悠木の抗議に、さすがのSQ35215もたじろいだ。

「分かりました。余計なことはもう言いません。具体的なことを言いましょう。悠木さん、ちょっと前に大阪へ行きましたよね。通天閣の近くにある大阪科学学院の北村光俊教授を訪ねています。そのときの映像が私の手元にあります。データとして保存してありますので、ちょっとそれを見てください」

インタビューで訪れた北村教授のことを思い出した。「季刊日々論壇」に記事が掲載されたあとだから、二か月ぐらい前のことだ。詳細はあまりよく覚えていない。すると、頭の中に通天閣と思しきものが見えてきた。人の目線で写したムービーだ。

揺れる画面のなかで、多くの人が行き交っている。雑踏だ。中国人か韓国人だろう、日本語ではない大きな声が聞こえる。やたら、外国人の姿が目立っている。

両側には串カツ屋が並んでいる。立ち食いのうどん屋やレストラン、喫茶店もある。脇見をしながら歩いていると外国人とぶつかりそうになった。危ういところで右によけた。

視線は、行き交う若い女の子に頻繁に注がれている。食い入るように顔を見つめ、頭の天辺(てっぺん)から少しずつ視線が下がっていく。腰を入念にチェックしたあと、今度は太ももからふくらはぎまで下がり、そこで止まったまま動かない。

その女の子に若い男の子が声をかけた。最初は嫌がる素振りを見せた女の子だが、そのあと二人で一緒に歩いていった。

「あのときの女の子じゃないか?」

ここまで来て悠木は、このムービーは自分が見たものだとようやく気付いた。自分が見た通天閣の姿だ。何ということだ、なぜこんなものをSQ35215は持っているんだ。奈落の底に突き落とされたような恐怖と嫌悪に襲われた。

「俺が見たものを、君らは記録しているのか。まるまる個人情報の盗み撮りだ。こんなことが許されるのか！」

悠木の怒りをなだめるようにSQ35215が応じた。

「心配しないでください。この情報にアクセスしたのは私と悠木さんだけです。二〇〇年先の世界にある情報ですよ。管理は厳重です。外には漏れません、仮に漏洩したとしても、二〇〇年先に悠木さんは生きていません。私を別にして、悠木さんは自分で自分の個人情報に接して驚いている。悠木さん、若い女の子に視線が行くのは自然ですよ。気にすることはありません。そんなことより、私がお見せしたかったのは次のシーンです」

悠木はあのとき、道が分からなくなってスマホの地図アプリを開いた。北村教授の住所を入力して道順を調べようとしたのだ。そこに、典型的な大阪のオバちゃんが寄ってきた。

「にーちゃん、何してんねん。ここは人通り多いさかい、立ち止まったら危ないやないか」

「ええ、あのー、大阪科学学院の北村教授の家、探しているんですが……」

「そんなん、調べる前にその辺にいる人に聞いたらええやんか。北村教授やろ、最近ワイドショーやらバラエティーにもよう出て、嫌っちゅうほどしゃべる人やろ。人工知能たら、なんたら、どうのこうのと、うちなんかが聞いてもよう分からんけどな。そういやこの前、『お宅拝見』とかいう番組にも出てはったわ。あの人、この近くに住んではるんやて。みんな驚いてたわ。その人の家やったら、この道を真っ直ぐ道なりに五、六分行ってみ、そしたらコンビニがあるねん。その角を左に曲がって、確か四、五軒先の大きな家や。道なりいうても、この道、至る所で分岐しとるで。分からんかったら、そこら辺にいる人に聞ぃてみぃ。聞いたほうがスマホなんかで調べるよりよっぽど早いわ。分からんことがあったらなんでも聞きや！」

「あ、ありがとうございます」

悠木の調べ物は、MAP検索より数段早く完了した。あっけにとられたまま、お礼を言って別れた。

教えられたとおりに歩いた。道の分岐した所で少し迷ったが、大体の方角が分かっていたので間違うことはなかった。北村教授の家は、確かにコンビニの角を左折して五軒目の所にあった。

「だからなんなの？　単に道を聞いただけじゃないか。このムービーから何を感じろというの？」

SQ35215の意図が悠木には分からなかった。

「デジタルとアナログの違いです。悠木さん、そこを理解して欲しいのです。分かりますか？」

「えっ、この映像で俺に何を理解させたいの？　まったく分からないよ」

SQ35215は戸惑った。自分の意図を悠木はまったく理解していない。

「悠木さん……」

　気をとり直して、SQ35215が話しかけた。

「悠木さんは、一度タイムスリップして私の時代に来たことがありますよね。あのときのこと、覚えていますか。二三世紀の人間は、仕事をよこせ、仕事は人生だ、生きがいだと言ってAIロボットに要求をしていました。AIロボットとの交渉に臨んでいたメンバーの顔色を見ましたか。みんな、一様に生気がなかったでしょう。彼らは生きがいを求めていたのです」

　SQ35215の声には悲痛な思いがこもっていた。

「それだけではありません。お互いに進んで会話を楽しむこともありません。ニューラルネットワーク通信が発明されたこともありますが、自分から進んで声を出そうとしなくなってしまったのです。その結果、どうなったか分かりますよね……」

　そこまで言って、SQ35215は悠木の反応を待った。

「確かに、みんな生気がなかった。会話が少ないというのはよく分からないが、私に話しかけてきたのは大半がAIロボットで、人の声はほとんど聞かなかった。だけど、だからといってどうだっていうの？」

　相変わらず、悠木はモヤモヤとしたものを抱えたままだった。

「通天閣のオバさんは、初対面のあなたに、一方的に、勝手に話しかけてきたじゃないですか。

そのうえで、スマホの検索なんかやめて、『その辺の人に聞きや』と言った。それですよ、それ。それがＡＩと対等に渡り合うときに必要な鍵です。通天閣のオバさんは、無意識のうちにＡＩと張り合っていたのです。ＡＩに歯止めをかけられるのは会話なんです。コミュニケーションと言ってもいい。人間だけがもっている高機能なアナログです。それが鍵です。分かりますか？」

何を言われているのか、悠木には依然として分からなかった。通天閣のオバちゃんのことは記憶の彼方に薄っすらと思い出した。だけど、「通天閣のオバさんが鍵」というSQ35215の意図は測りかねていた。

「俺は頭が悪いのだろうか……」

「悠木さん、そんなに自己嫌悪しなくてもいいですよ。あなたの時代にも黙ってスマホを見ている人がいっぱいいますよね。電車の中でも会社の中でも、みんなスマホをいじっている。歩きながらスマホを見ている人もいます。デジタル技術が進化すると人は喋らなくなります。みんな、自分だけの世界に閉じこもる。そこが問題なんです」

「え！　自分の世界に閉じこもる？」

「そうです。自閉症とまでは言いませんが、みんな自分の世界に閉じこもるようになる。そして、閉じこもっている自分に気が付かない。その間に、技術はどんどん進化を遂げていく。いつの間にか、人間は通天閣のオバさんをバカにして、マップ検索する悠木さんのほうが賢いと思いはじめるんです。この流れに勢いがついて、ＩＴ社会が指数関数的に進化します。そのなれの果てが、われわれ二三世紀の人間です。お互いに意志の疎通がなくなり、コミュニケートしなくなる。いつも下を向いて、デジタル信号に頼っている。結局は、ＡＩロボットのいいなりです。仕事をなくし、生きがいをなくし、今度は『仕事をよこせ』とか『生きがいが欲しい』と言いはじめるのです」

SQ35215の声は、二三世紀の現実に迫るにつれ、消え入るように小さくなっていった。

「さっき悠木さんは、年配のオジさんを見て『無理しなくていいのに』と心の中で思いましたよね。そういう気持ちが、ＩＴ社会を間違った方向に向かわせるのだと思います。ＡＩが浸透すればするほど、通天閣のオバさんや、何とかＡＩを理解しようと頑張っているお年寄りを大事にしないといけない。そこを理解して欲しいのです」

自分の意識が、知らず知らずのうちに深い泥沼に沈んでいくような気がした。技術の進化に対するジレンマは、水島の奥さんの手紙を読みながら、稲妻のようにひらめいた直観で解消されたはずだった。そのジレンマを、SQ35215が再び呼び戻そうとしている。二〇〇年という時間軸の先で起こっていることが、科学記者としての悠木を再び苦しめはじめた。

気が付けば、図書館に夕暮れが迫りつつあった。年配のオジさんも女子学生の姿も見えない。

西側の窓には夕焼けが広がっていた。太陽は真っ赤に燃えながら半分沈みかけていた。悠木は、（そろそろ帰らなきゃ）と思いながらスマホに手をやった。

「夕飯食べるよね、悪いけど帰りにネギを買ってきて。何時ごろ帰るの？」

LINEに妻からメールが入っていた。

（リメールしなきゃ……）そう思いつつ、西側の窓の外に広がる夕焼けに見入っていた。

「きれいですね。この景色、私も大好きです。不思議ですね。二三世紀の今も、この景色は一緒です」

地球を取り巻く大きな自然はまったく変わっていないのだ。何十億年という時空がつくり出した地球の自然環境は、二〇〇年というわずかな時間の変化を歯牙(しが)にもかけていない。

「指数関数的な変化か……悠久の自然に比べたら大した変化じゃないな。この程度で二三世紀の人間はダメになってしまったのか……所詮、その程度の生き物ということだ」

SQ35215がつぶやいた。

「あれ、山野さんも反省するんだ。二〇〇年後の責任は二〇〇年前のわれわれにある、この一点張りかと思っていた……」

「そんなことはありません。私は、いつも自責の念に苛まれています」

しんみりとしたSQ35215の声が返ってきた。

「だけど、もうどうすることもできません。だから悠木さん、あなたたち二一世紀の人たちに、ＡＩを正しい進化の軌道に乗せてもらいたいのです。ちょっと気を付ければ、まだそれは可能です。通天閣のオバさんや年寄りの努力を大事にすればいいだけですから……」

「われわれが変われば、未来は変わるとでも言うのか？」

悠木はストレートに疑問をぶつけてみた。

「もちろんです。二一世紀のみなさんがＡＩの脅威に気付き、開発のスピードや方向性をコントロールすれば未来は変わるでしょう。その結果として、私という人間が存在しなくなるかもしれません。それはそれでかまいません。二三世紀という時代が、もっと生きがいに満ちた心豊かな時代になること、それが大事です」

SQ35215の神妙な声が伝わってきた。悠木は、（未来を変えるなんて不可能だ、できるわけがない）と思いつつ、「分かった、努力しよう。約束する」と繰り返したが、すかさずSQ35215の声が届いた。

「不可能だなんて思わないでください。ＡＩに傾斜しすぎなければいいだけのことです。お願いします」

SQ35215は必死だった。だが、その思いは必ずしも悠木には伝わらなかった。

「俺、そろそろ帰らなくちゃ……ニューラルネットワーク通信を切ってくれないかな」

「そうですね、ネギを買って帰るんですよね。いい奥さんじゃないですか。通天閣のオバさんと一緒ですね。人間味があふれている」

珍しく、SQ35215が悠木をもち上げた。

「いいですねえ、トントントンと奥さんがキッチンでネギを刻む音が聞こえてくる。リビングでは、悠木さんがお子さんと遊んでいる。家族がそろって食卓を囲む姿。お子さんの楽しげにはしゃぐ声が聞こえてくるようだ」

「そんなところまで覗いているのか？」

「いやいや、そうじゃないですよ。これは私の想像です。私のいる二三世紀のファミリーとは全然違います。二一世紀の悠木家には、二三世紀のわれわれが失ってしまった温かい家庭がありま す。羨ましいかぎりです」

「君には素敵な奥さんがいるし、お子さんもいるじゃないか。そして、たくさんの仲間もいる。この前二三世紀に迷い込んだとき、私はそう感じたよ」

「確かに、わが家は恵まれています。だけど、そのわが家も、食事はそれぞれが勝手に食べたいものをＡＩのシェフロボットに注文しています。食卓を囲んで楽しいひと時を過ごすというカルチャーなど、今やどの家庭にもありません」

「われわれだって、みんながみんな、食卓を囲んで楽しいひと時を過ごしているわけじゃないよ。

食事もままならない人もいるし、家庭が崩壊した子どももたくさんいる。夫婦喧嘩やご近所同士の諍い、出世する人、落ちぶれる人、人生悲喜こもごも。その点、二三世紀は賃金格差がなくなって、一律で平均的な暮らしが浸透しているように見える。公平、公正という点では、今よりはるかに進化している。いいんじゃないか……」

早く帰りたいという気持ちを抑えながら、悠木は頭の中でつぶやいた。

「格差と闘うことも、時には人間の生きがいになります。働く必要もなければ、社会を動かす必要もない。義務がないというのは権利がないことと一緒です。みんなが内向きで、自分の殻に閉じこもっています。次第に心が荒んで、落ち込んで、やがて夢も希望もなくなり、希死念慮が強くなるのです」

SQ35215の暗く消え入るような声に悠木は戸惑った。

「そんなこと言われても、どうしようもないじゃないか。AIを正しい軌道に乗せる、誰がどうやって？　俺に言われてもなぁ……」

そんな思いが再びよぎった。

「そうですよね。悠木さんに期待するほうが馬鹿ですよね。東京毎朝新聞の将来を嘱望された記者に現状を伝えればなんとかなると考えた私が浅はかでした。悠木さん、悪かった。あなたに責任があるわけではありません」

「……」

何も思い浮かばなかった。無言のまま、悠木は心を閉ざして何も考えないようにした。すると、SQ35215があきらめたようにつぶやいた。

「悠木さん、申し訳なかった。何も考えないようにするというあなたの気持ち、私にも理解できます。科学や技術の進化は誰にも止められない。確かに、人類が生まれながらにしてもっている必然です。必然には誰も逆らえない。どう対応するか、それはわれわれの問題です。期待した私が馬鹿でした。もう悠木さんとコミュニケートすることもないと思います。通信を切断したあとは、すべての記憶を削除しますから心配しないでください。そして、早く帰ってあげてください」

図書館の外が暗くなりはじめていた。

「記憶、残しておくっていうのはどう？」

悠木が何となく聞いてみた。

「残すことはできますが、そうすると、あなたは世の中から変人扱いされ、強制的に、精神病院に入院させられてしまうかもしれません。そんなリスキーなこと、私にはできません」

そこまで言ったあと、ちょっと間を置いてから再びつぶやいた。

「二〇〇年先の世界にタイムスリップしたことを含めて、記憶はすべて消去します。だから、あなたの頭の中から二三世紀の記憶は完全になくなります。ただ、一つだけ私からというか、未来からのメッセージを残します。それをどう判断するか、それは悠木さん、あなたの自由です。もちろん、無視してもかまいません。忘れてもらっても結構です。できればこの先、ＡＩや最先端技術の記事を書くときに参考にしてもらえればと思いますが、それは、私の勝手で一方的なお願いです。悠木さんの好きなようにしてください」

間を置くことなく、ニューラルネットワーク通信が何事もなかったように静かに切れた。

ふと、我に返った。

「あれ、もうこんな時間か。早く帰らなければ……」とつぶやいたあと、妻にリメールした。

『今から帰る、ネギだけでいいんだよね』

「ただいま」

悠木が帰宅したとき、妻の沙希子は忙しそうに夕飯の支度をしていた。

「健太はどうした？」

「二階でネットゲームしているんじゃない……」

「またゲームか、ちょっとやりすぎじゃないか」

この春に小学三年生になった健太を妻が放任していることにちょっと不満だった。

「だけど、これからの子どもは、デジタルなものに早いうちから慣れておいたほうがいいって言ったのはあなたよ」

沙希子は、悠木が買ってきたネギを洗いながらキッチンから反論してきた。

「それはそうだけど……」

それ以上、言葉が続かなかった。

しばらくして沙希子が、「ロボ太、健太にご飯だから降りて来てってメールして」と、ちょっと前から使いはじめたＡＩスピーカーに話しかけた。この瞬間、悠木の胸のなかが異様にざわめいた。

「おい、なんだ、それ。ロボ太を使う前に自分で健太に声をかけろよ。面と向かって言えよ、狭い家なんだから。こんなところでＡＩスピーカーなんか使うな。おかしいだろう、家の中でメールなんて。しかも、ロボ太に頼んで。自分の声で健太に話かけろ！」

悠木の声は徐々に怒気を強めていた。

「何よ、そんな言い方ないでしょ。だったら、あなたが二階に行って呼んできてよ。あなた、暇でしょ！」

沙希子も納得いかない様子で反論する。言葉が刺々しく、ささくれ立ってきた。

「俺は、親子のコミュニケーションは面と向かってやれと言いたいだけだ。便利だからって、ＡＩスピーカーなんか使うな！」

表情を強張らせたが、沙希子は反論をしなかった。唇を真一文字に閉じたまま、夕食をテーブルに並べた。それからひと言、ロボ太に向かって「ご飯よ」と言っただけだった。

健太はなかなか下りてこなかった。ついに悠木がキレて、階段の下で怒鳴った。

「健太、何してる。ご飯だって言ったろう、早く下りてこい！」

「すぐに行く……」

健太はまだ悠木の怒りに気付いていなかった。そう言ったあともグズグズとゲームを続けた。

健太はキリのよいところで終わりたかっただけで、両親を無視したわけではない。だが、悠木は沸々と沸き起こってくる怒気を抑えきることができなかった。

ドンドンドンと階段を駆け上がると、健太の前に立って、「健太、いい加減にしろ！」と先ほどよりも大きな声で怒鳴った。

理性も説得力もない。息子の前で怒りを爆発させたのだ。

健太の顔に恐怖の色がにじんだ。それに気付いた悠木だが、構わず健太の手をとって無理やり階段を引きずり下ろした。健太はワンワンと泣き出した。

ダイニングで、今度は沙希子が怒り出した。

「あなた、どうしたの？　変よ、そこまでやらなくてもいいでしょ！」

それを聞いて悠木は、「うるせー、何がロボ太だ！」と言って、一人勝手に食べはじめた。

健太は泣き止まない。納得いかない沙希子はふくれっ面のままだ。

「ケンちゃん大丈夫よ、ケンちゃんは悪くない。パパが変なのよ。大丈夫だから、さあ、もう泣くのやめなさい。ご飯を食べよ」

悠木だけを悪者にして、健太を慰めた。

楽しいはずの一家団欒が最悪の夕餉（ゆうげ）と化した。食卓を囲んだ悠木家の三人は、顔を見合わせることもなく、下を向いたままだった。笑い声も楽しい会話もない、時間だけが刻々と過ぎていった。

ロボ太は、何事もなかったかのように沈黙したままだ。何も言ってくれない。

食事が終わって、悠木はひと言もしゃべらずにテレビを見ていた。三人の気まずい関係は依然として続いていた。

沙希子は後片づけをしたあと、ソファの隅で健太の宿題を手伝っていた。身の置場がない悠木は、風呂に入るしかその場の空気から逃れることができなかった。

風呂から出て、「先に寝る」とひと言だけ言って寝室へ向かった。

少しは落ち着きを取り戻した頭で、（ちょっと言いすぎたかな？　なんであんなにイライラしたんだろう？）と考えてみた。しかし、結論は出ない。そして、布団をかぶったままつぶやいた。

（明日の朝、健太にどう言おうかな？）

とはいえ、目をつぶるとすぐに寝入ってしまった。そして、未明に奇妙な夢を見た。


自動運転車が行き交い、空にはプロペラをつけた飛行機が飛んでいる。ドローンを大きくしたような乗り物だ。何か荷物を運んでいる。人が乗っているものもある。超高層ビルの合間をぬって、色とりどりの飛行体が飛び交っている。

地上では、「TAKUHAI」とボディーに大きな字で書かれた車が止まっている。宅配の車だ。こちらも自動運転だ。配達しているのは人間ではなさそうだ。ロボットなのか、動きがどことなくぎこちない。

超高層ビルの一室では会議が開かれている。その様子を覗いている悠木がいる。テーブルを挟んで、人間とロボットが向かい合っている。人間の代表者と思しき人が立ったまま怒鳴っている。

「その昔、人間にとって仕事は生きがいだった。みなさんのおかげで、われわれ人間は仕事をしなくても生活ができるようになった。だが、それで人間は豊かになったのか？」

その場面をテレビ局が中継している。マイクを持ったリポーターが会議の様子を伝えている。その声は小さくて聞き取れない。手振り身振りを交えて真剣な表情で話している。そのリポーターの声が少しずつ大きくなる。

「人間は、みんな生きがいをなくしてしまった。われわれは仕事がしたい。お願いだ、仕事をくれ、生きがいをくれ、と人間たちが要求しています」

リポーターは一段と声を張り上げた。

「人間の代表者が、ＡＩロボットに向かって要求しています」

その声は怒りに震えている。

「これが未来の現実です。未来は死にそうだ。お願い、悠木さん助けて……、助けて、悠木さん、悠木さん～ん……」

リポーターのつんざくようなギンギンとがなり立てる声が悠木を襲う。リポーターの顔がどんどん大きくなって迫ってくる。

「危ない！　ぶつかっちゃうよ～!!」

身の毛がよだつ恐怖が悠木を襲う。迫ってくるリポーターの顔は、悠木だった。

そこで、目を覚ました。

「変な夢だったな～、何でこんな夢を見たんだろう？」

身体中、びっしょりと汗をかいていた。

いつもはぼんやりとして思い出せない夢の一部始終が、不思議なことに、この日ばかりは頭の中に鮮明に蘇ってきた。

夢の余韻はしばらく残っていた。そして突然、唐突に、頭にこんな言葉が襲ってきた。

「お前の生きがいって何だ？」

自問する自分の背後に誰かがいるような気がした。振り返ると、亡くなった藪中先輩が立っていた。

「生きがいね、難しいね。多分、考えても見つからないと思う。考えるものじゃなく、感じるものだよ。普通にやって普通にできる。もちろん、努力は必要だよ。普通にやっていること、何気ない生活のなかに生きがいはあるのだと思う。それを感じるか、感じないか。感じる人には生きがいがある、ということになる」

それだけ言って、藪中先輩の幻影は消えた。

改めて、自分の記者生活一五年を振り返ってみた。社会部からスタートして、沖縄と富山で支局生活を経験し、本社に復帰したあとは激動の日々だった。そして、科学部。ここでは、指数関数的に進化する科学技術と格闘の連続で、それが今も続いている。

そんなことを考えているとき、東日本大震災の際に取材した避難所のミニコミ紙のことがふと頭に浮かんだ。「ひだまり新聞」というタイトルに、ほんのりとした温かさを感じた。尋ね人コーナーや避難所の生活、被災者同士の触れ合いなど、何気ない情報が手書きでびっしりと書き込まれていた。そのコピーが、避難所の入り口の脇にあるテーブルに置いてあった。

「ひだまり新聞」を読みながら悠木は、瓦礫のなかで頑張る被災者の生活を読者に伝えたいと思った。ある日、「ひだまり新聞」を軸にして被災者の生活を特集した。その記事が読者の好評を博し、大量の応援メールが届いた。メールで寄せられた読者の反響を読みながら、心の底から湧き上がるような喜びを感じたのだ。

　あのときには気付かなかった。

「そうだ、伝えること、これが俺の生きがいだ」

「伝えること」で被災者と読者はつながった。そう思ったとき、自然に『ジュピター』の歌詞を口ずさんでいた。

♪Every day I listen to my heart
♪ひとりじゃない
♪深い胸の奥で　つながってる
♪果てしない時を　越えて輝く星が
♪出会えた奇跡　教えてくれる

「生きがい」を探し当てた悠木は、晴れやかな気持ちで仕事を続けていた。

ある日、原稿に一段落がついてちょっと時間が空いたとき、パソコンに向かってメールの送受信履歴を何気なく眺めていた。

そのなかの一つに目が留まった。藤平科学部長宛のメールだ。メールにはメモが添付されていた。メモを開いてみた。

「二二一七年の未来社会」出張メモ（二〇一七年九月一九日）とあり、八項目に分けて未来社会のことが書かれている。差出人は悠木翔となっている。

「なんだ、これ？」

悠木に記憶はまったくない。書かれていることの意味もさっぱり分からない。もちろん、未来に行ったことなんかない。

（夢で見たことをメモっていたのかな？　ＳＦ小説でも書こうとしたのかな？　でも、これまでに小説を書こうという気になったこともないし、そもそも小説なんてあまり読まない。それに、小説だったら部長宛にメールを送るはずもない。まったく訳が分からない）

混沌とした気分のまま、ああでもない、こうでもない、と想像をめぐらした。

記憶が消去され、悠木と未来とのつながりは完全に途切れていた。

しかし、SQ35215は依然として悠木とつながっていた。

スマホの着信を知らせる音楽が流れ出した。その着信音（リングトーン）が、『ジュピター』からドヴォルザークの『新世界より』に変わっていた。

（了）

# 参考文献一覧

・『ポスト・ヒューマン誕生――コンピュータが人類の知性を超えるとき』レイ・カーツワイル／井上健ほか訳、NHK出版、二〇〇七年
・『脳の意識、機械の意識――脳神経科科学の挑戦』渡辺正峰著、中公新書、二〇一七年
・『脳の誕生――発生・発達・進化の謎を解く』大隈典子著、ちくま新書、二〇一七年
・『人工知能は人間を超えるか――ディープラーニングの先にあるもの』松尾豊著、角川EPUB選書、二〇一五年
・『人工知能と経済の未来――2030年雇用大崩壊』井上知洋著、文春新書、二〇一六年
・『アルファ碁はなぜ人間に勝てたのか』斉藤康己著、ベスト新書、二〇一六年
・『IoTとは何か――技術革新から社会核心へ』坂村健著、角川新書、二〇一六年
・『AI・ロボット開発、これが日本の勝利の法則』河鐘基著、扶桑社新書、二〇一七年
・『人間さまお断り――人工知能時代の経済と労働の手引き』ジェリー・カプラン／安原和見訳、三省堂、二〇一六年
・『シンギュラリティ・ビジネス――AI時代に勝ち残る企業と人の条件』齋藤和紀著、幻冬舎新書、二〇一七年

・『よくわかる人工知能――最先端の人だけが知っているディープラーニングのひみつ』清水亮著、KADOKAWA、二〇一六年
・『決定版、インダストリー4.0――第４次産業革命の全貌』尾木蔵人著、東洋経済新報社、二〇一五年
・『孫正義、３００年王国への野望』杉本貴司著、日本経済新聞出版社、二〇一七年
・『うつの医療人類学』北中淳子著、日本評論社、二〇一四年
・日経デジタル版
・google 検索

# 自作解説――世の中は指数関数的に変化する

人類は今、過去に経験したことのないような大きな転換点にさしかかろうとしている。今後、起こるであろう変化は、巨大な「うねり」となって社会のあらゆる場面に変革を迫ることになる。「うねり」を巻き起こす「震源」、それはAI（人工知能）に象徴される科学技術の進化である。

二〇一六年三月、ディープマインド社が開発した「アルファ碁」という囲碁ソフトが、当時「世界最強」と言われた韓国のプロ棋士であるイ・セドル九段に勝った。大袈裟に言えば、人類史上初めてプログラミングされた人工ソフトが、プロ棋士という最高級の知性を超えたのである。このソフトの軸になっているのが「ディープラーニング」という技術である。

ディープラーニングは、脳科学が解明した人間の脳の構造を参考にしている。言ってみれば、赤ちゃんが言葉を覚える過程がディープラーニングである。お母さんが赤ちゃんに話しかける（データのインプット）。また、身振り手振りをまじえて繰り返し話しかける。こうしてデータをインプットしていくうちに、赤ちゃんの脳の中で少しずつ言葉が形づくられていく。

そして、パパやママという言葉と視覚から入ってくるパパとママの顔が結びつく。顔も映像というデータなのだ。映像とつながった言葉が脳の中でいくつも形成されていく。一つの言葉が別の言葉とつながって文書になり、文書と文書がつながって認識になり、意識になる。そして、やがて記憶として脳の中に格納されていく。大雑把に言えば、これが赤ちゃんのディープラーニングだ。

ＡＩを取り入れたアルファ碁は、赤ちゃんと同じようにディープラーニングを使って成長した。赤ちゃんの言葉に相当するのは、プロ棋士が実戦で打った棋譜である。何万枚、何十万枚という棋譜を読み込み、対局を勝利に導くための「次の一手」を導き出した。

ＡＩは、考えて結論を出しているわけではない。勝つ確率を計算し、確率の高い一手を「次の一手」として選んでいるにすぎない。やり方は違っても、アルファ碁は万物の霊長である人間に近づき、追い越したわけである。

囲碁ソフトがプロ棋士を打ち破る時代はいずれ来る、と誰もが予想していた。だが当時、それはもっとずっと先の、遠い未来のことだと考えられていた。それが、大方の予想に反して実現したのである。この「速さ」こそが、巨大な「うねり」を巻き起こす震源である。

多くの技術が、人間の予想をはるかに超えたスピードで進化していく。これを専門用語では「指数関数的な進化」と言っている。そして、指数関数的に進化するさまざまな技術がつながる。

そこに、想像もしていなかった新しい世界が登場する。そんな時代の入り口に、今、われわれはいるのだ。

この進化は、良くも悪くもあらゆるものを情け容赦なく破壊する。固定電話が移動電話、ポケベル、携帯、スマホへと変わっていったように、自動車、家電、音楽（ＣＤ）、映像など身の周りにある普通のものが、たちまち別の新しい便利なものへと進化をはじめる。

対象は目に見えるものだけではない。国とか国境とか、会社の組織や制度、政策、ルールなど、これまで当たり前と思われていた仕組みがまったく違ったものに変わっていく。もちろん、意識や考え方も例外ではない。今までの常識は常識として通用しなくなり、予想も認識もしていなかった新しい発想や思想が生まれるのだ。

アメリカの発明家であり未来学者、ＡＩの世界的権威でもあるレイ・カーツワイル（Ray Kurzweil）は、こうした進化の転換点を「シンギュラリティ（Singularity）」（技術的特異点）と表現した。そして、それは二〇四五年に起こるとも予言している。

ソフトバンクの会長兼社長の孫正義氏は、シンギュラリティが起こると「すべてが再定義される時代がくる」と言った。分かりやすく言えば、あらゆるものの認識が変わるということだ。

一例を挙げると、自動車である。自動車メーカーといえば、日本人であれば誰でもトヨタや日産、ホンダ、スバル、スズキといった会社を思い浮かべることだろう。だが、ＡＩの塊ともいうべき自動運転自動車が主流になると、この認識が変わることになる。

未来の自動車メーカーといえば、エヌビディアやインテル、クアルコムといったデータをコントロールするCPU（Central Processing Unit）や画像処理を担うGPU（Graphics Processing Unit）のメーカーを指すようになる。いずれも、自動運転自動車を制御するAIの部品メーカーである。世界のトヨタが自動車メーカーと呼ばれない時代が来るかもしれないのだ。

念のために言うが、進化はプラス面だけではない。トヨタにとっては自己否定ともいうべきマイナスの要素もつきまとうのだ。そうした時代に対応するために、トヨタも自己改革が迫られることになる。

転換点が来るのは、そんなに遠い未来ではない。現代を生きる我々にも体験可能な、ちょっと先のことだ。この予言が当たるかどうか、専門家の間でも議論は分かれている。しかし、大事なことはシンギュラリティが起こるか起こらないかではない。神経を研ぎ澄まし、目を凝らして、指数関数的に変化する科学技術の進化に目を向ける必要があるということだ。

## 激変するメディアの役割

物語の主人公である悠木翔は、新聞記者としてそんな時代の入り口に立っている。日々進化する最先端の科学技術を追いかけながら、進化のプラス面とマイナス面に向き合いながら葛藤するという日々を送っている。おそらく、葛藤しているのは悠木だけではないだろう。現場で取材する多くの記者と同じように、新聞社をはじめとしたメディア全体がこの転換点をどうやって乗り越えるか、試行錯誤を余儀なくされている。記者もメディアも変わらなければならないのだ。

メディアに改革を迫る要因は何だろうか？　一つは、ソーシャル・ネットワーキング・サービス（Social Networking Service：ＳＮＳ）の登場である。ツイッターもフェイスブックも、既存のメディアと違って双方向での対話が可能である。つまり、情報の発信者と受信者がつながっているのだ。

それだけではない。発信された情報が横に広がり、その情報は主張になり、論調となってあっという間に世間に広がっていく。国会で審議されている法案に反対する人が、ＳＮＳで日時と場所を指定して反対のデモを呼びかける。これに賛成する人が集まってデモが実現する。単なる情報の伝達手段であったメディアは、法案の成立を左右する政治的な手段へと発展しているということだ。

ＳＮＳに比べたら、新聞もテレビも、通信社も雑誌社も旧態依然としている。相変わらず情報を集めて、読者や視聴者、契約社や購読者に提供している。情報の流れは一方的であり、情報をニュースとして読者に伝える記者の姿勢には、「情報を教えてあげる」といった、どことなく「上から目線」がつきまとっている。

確かに、情報の分布は均一ではなく、多くの情報が権力者に集中しているという事実がある。それゆえ、旧態依然とした情報提供のあり方が現在も存在しているのだろう。そして、メディアは、一般市民は情報をもたない情報弱者である、といまだに位置づけている。

こうした状態を、経済学では「情報の非対称性」という。情報の非対称性が強ければ強いほど、メディアの存在感は大きくなる。権力者に集中している情報を入手するために記者は権力者に寄り添うか、寄り添うふりをしながら情報を入手して社会的に評価されてきた。そのための手段もさまざまである。手練手管のかぎりを尽くして情報にアクセスし、それを情報弱者である市民に提供してきたのだ。

一方、情報を占有する権力者は、自分の都合のいいように情報を小出しにしながら世論を操作していると言える。小出しされた情報は、メディアを介して権力者から一般市民へと流れていくのだが、流れる方向は上から下へと常に一方通行だ。言葉を換えれば、上意下達と言ってもよい。だから、記者も上から目線になってしまう。

本書の主人公である悠木が那覇支局時代に遭遇した「女子高生殺人事件」を例にとれば、犯人の情報は県警や検察がすべて握っている。捜査当局に寄り添って情報を取得する以外に、記者が真実に近づく方法はない。警察や検察、そして官邸は、市民に見えないところで連携しながら情報を小出しにしていた。これが権力による情報操作の一例である。

悠木は、権力者の隠れた意図にまんまと引っかかった。権力をチェックするはずの第四の権力が、警察と行政という二つの権力が仕掛けた巧妙な罠に嵌ったのである。しかし、嵌ったのは記者と新聞社だけではない。東京毎朝新聞の読者も騙されたことになる。一方通行の情報には、絶えずこうした「落とし穴」や「情報操作」といったからくりがつきまとっている。

　このような構造をシンギュラリティがぶち壊す。すでに触れたように、情報伝達の手段が劇的に変わるのだ。双方向の情報伝達手段が定着することによって、情報弱者であった一般市民にも情報が集まるようになる。もちろん、単に集まるだけではない。メディアに比べて、圧倒的に多くの情報を発信するようになるのだ。そうなると、当然、メディアの存在感は集中豪雨のような過剰な情報量に飲み込まれてしまって、小さくなっていくことになる。

　そんな時代が、すでにはじまっている。たとえば、竜巻を目撃した市民がそれをスマホで撮影してSNSにアップすれば、現場を写し撮った情報としてSNSの利用者に共有される。あえて例を挙げるまでもなく、テレビのニュース番組を見れば、「視聴者提供」という但し書きのある映像をよく見かけることだろう。

　これまで、新聞記者は権力側を取材していれば事足りたわけだが、これからは映像を撮影した市民に対しても気配りが必要になる。一般市民がニュースソースになったのだ。苦労して入手した情報を翌日の紙面に掲載したところで、その記事に新鮮味がないという時代なのだ。

新聞の影響力が落ちれば、情報の占有者である権力者もメディアを選別するようになる。近い将来、権力者は既存メディアが集まる記者クラブではなく、SNSメディアが集まる「バーチャル記者クラブ」に資料を提供し、その場で定例の記者会見を行うようになるかもしれない。選挙のときなどに話題になるインターネットテレビで記者会見を中継する動きは、すでにはじまっているのだ。

情報の非対称性がなくなると、情報強者である権力者から情報弱者である一般市民に事実を伝えるというメディアの仕事もなくなってしまうことになる。悠木がつながった二〇〇年先の世界では、仕事そのものがAIロボットに取って代わられていた。ひょっとすると、記者という職業もAIを組み込んだ記者ロボットに代替されようになるのかもしれない。そんな時代に、記者とメディアはどうすればいいのだろうか？

## 未来の扉を開くのは誰？

一口に情報といっても、その種類は多様である。年金の制度変更を伝えるための「お知らせ」、健康増進に向けた「啓蒙」、イベントや新商品の「PR」、「決算」や「業績見通し」、「人事情報」など企業に開示が義務づけられている各種の情報、戦争になれば敵を欺く謀略情報も必要になる。戦争なき平和な世の中でも、国際政治の舞台では国同士が総力をあげて情報戦争を戦っているのだ。情報の数と種類、そしてそれがもつ影響力は数え上げたらきりがない。

評論家の西部邁（一九三九〜二〇一八）は、「日本にあっては、敵（情報）告というごく限られた内容、これが（情報）という言葉の由来です。敵情報告が兵器の量や兵隊の数や戦闘の地点などに関する数量化のための形式化を旨としていることを忘れてはなりません」（『昔、言葉は思想であった』時事通信社、二〇〇九年）と言っている。

科学技術の指数関数的な変化によって「情報の非対称性」が崩れることに加えて、メディアにとって脅威となるもう一つの要素がある。それは、あらゆるものがデジタルデータ化されることだ。

ディープマインド社が開発した「アルファ碁」は、ディープラーニングという技術に支えられているとはいえ、デジタルデータ化された棋譜がなければ完成しなかった。西部が言う「数量化のための形式化」、これがデータ化である。いわゆるビッグデータだ。

人間が経験や勘、ヒラメキによって感じ取っていた嗜好性や共感、連帯や絆といった要素は、ビッグデータが統計的に割り出す時代になった。アマゾンで本を買えば、「この商品をチェックした人はこんな商品もチェックしています」と、関連する書籍が紹介されている。こうした情報に購買意欲がそそられるかどうかは別として、ビッグデータが裏で動いて、人間の嗜好を左右しようとしているわけだ。

いずれ選挙は、国民的に人気の高いタレントを引き合いに出して、「このタレントが好きな人は○○政党に投票する確率が高い」といった選挙ポスターがつくられるようになるかもしれない。政策や主義、主張を検討して投票するのではなく、ビッグデータが解析する確率や傾向といったものが、投票先を決める有力な要素になる時代がいずれ来るだろう。そういう時代に、メディアや新聞記者は何を武器にして対抗すればいいのだろうか。

選挙ポスターは単なる空想にすぎない。だが、ＡＩの進化にはこの空想に似た危険性が内在している。ＡＩとビッグデータが結びつくことによって、人間は知らず知らずのうちに科学技術に支配されてしまうことになる。宗教によって人間の心が左右されているように、未来の人間は科学技術の虜になってしまうのだ。

そんな未来を決して想定していたわけではない悠木は、「ベータ碁の勝利を機に人類はＡＩに対する期待感だけなく、それがもたらす未来の脅威についても考えておく必要がある」と解説記事の最後に書いた。シンギュラリティを機に巻き起こるＡＩの波は、人間から仕事を奪い、仕事を失った人間は生きがいをなくしてしまう。

この記事で悠木は、進化に内在している脅威について警鐘を鳴らしている。この記事を目にしたSQ35215は、二〇〇〇年先の未来から悠木に接触してきたのである。

このときの悠木の解説は、アルファ碁の勝利というエポックメイキングな出来事に対してまっとうな視点を提供していた。漠然とはしているが、ＡＩの脅威に目を向けていた。このような視点に悠木は、絶対的な確信をもっていたわけではない。現に、東西運輸の山田という元ドライバーの自殺をきっかけに、脅威をかなぐり捨てて技術礼賛（らいさん）主義に逆戻りしている。

二〇〇年先の未来にタイムスリップした悠木は、生きがいをなくした人間の姿に直接接触し、悲惨な未来を体験する。それでも、技術礼賛主義から脱却することはできなかった。そして、同期の水島の自殺をきっかけに働き方改革や働くことの意味について自問自答するようになったが、マイナスの要素をもつ技術の進化を否定したわけではない。

SQ35215は、未来社会の現実という情報を悠木に提供することによって、悠木が科学技術の進化に付随するリスクの本質についてより深く理解することを期待した。そのうえで、影響力のある紙面を通して世の中に警鐘を鳴らせば、「ひょっとすると」未来が変わるかもしれないという淡い期待感をもって、二〇〇年という時空を超えて悠木に接触してきた。しかし、SQ35215のそんな期待は、無残にも打ち砕かれてしまった。

悠木の側から見れば、警鐘を発するのは簡単だ。解説記事に、「未来の脅威についても考えておく必要がある」と書けばすむことだ。それが無意味というわけではないが、その一行に未来を変えるほどの迫力がないことは、悠木自身が一番よく知っているはずだ。

悠木は、一〇〇年、二〇〇年先の未来よりも、目の前に横たわる現実に強く引っ張られている。

仮に、科学技術の指数関数的な進化によって将来の人間が生きがいをなくすことが分かっていたとしても、悠木は目の前にある労働力不足を解消するための手段としてＡＩのさらなる進化を支援するだろう。

　未来を見通す想像力よりも、目の前にある現実に悠木の思考は左右されている。これは悠木だけの問題ではない。人類に共通する思考形態のような気がする。「分かっていてもできない」——科学技術の進化は、いずれ人類を滅ぼすだろう。たとえそれが分かっていたとしても、誰もこの進化を止めることはできないのだ。

　科学部記者として悠木は、科学技術の最先端を取材しながら、進化の実体を読者に「ツタエル」ことを使命としている。アルファ碁の勝利に触発されて、進化するＡＩの現状を読者に「ツタエル」ことに生きがいを感じている。東日本大震災の取材では、「ツタエル」ことによって、情報源と読者が「ツナガル」世界があることにも気がついた。

「ツナガル」世界にあるのは絆であり、出会いであり、新しい発見である。ＡＩやロボット、ＩｏＴという先端技術の世界も、ネットワークで「ツナガル」世界である。だが、そこが人間にとって楽しい世界なのか、苦痛を帯びた悲惨な世界なのか、その本当の姿を予言できる者はどこにもいない。

　SQ35215の呪縛から解放された悠木は、未来に関する情報のすべてを失って今を生きている。

突然、スマホの着信音がなぜ変わったのか、変えたのは誰か、何も分からない。これが普通の世界である。だが、SQ35215は依然として裏で悠木とつながっている。

悠木とSQ35215の間には、マジックミラーがあるのだろう。悠木のいる「現在（いま）」から「未来」は見えないが、SQ35215のいる「未来」から「現在」は見えるのだ。

今、われわれは簡単に「過去」に「ツナガル」。同じように、「未来」の過去である「現在」は、「未来」からはよく見えるはずだ。

『2001年宇宙の旅』の監督であるスタンリー・キューブリック（Stanley Kubrick, 1928〜1999）は次のように言っている。

「過去というのは未来を開く扉なんだよ」

そういう意味で、「現在」は「未来」の過去だ。未来を開く扉は「現在」にしかない。マジックミラーで閉ざされた未来の扉をこじ開けるのは誰か？「現在」を生きる悠木記者に期待するのは無理なのだろうか……。

## 著者紹介

**塩田良平**（しおた・りょうへい）

1950年生まれ。長野県上田市出身。慶応大学法学部卒業。74年4月時事通信社入社。経済記者として財政、金融、マーケットなどを担当。2012年6月編集担当を最後に退社。13年からはフリーのジャーナリストとして活動。著書に「銀証戦争」（共著・財経詳報社・1987年）、「誰でもわかる日本版401k」（共著・時事通信社・2001年）。本名は松崎秀樹。

リングトーン――未来からのメッセージ　（検印廃止）

2019年1月15日　初版第1刷発行

著者　塩田良平
発行者　武市一幸

発行所　株式会社 新評論

〒169-0051 東京都新宿区西早稲田3-16-28
http://www.shinhyoron.co.jp
TEL 03（3202）7391
FAX 03（3202）5832
振替 00160-1-113487

定価はカバーに表示してあります。
落丁・乱丁本はお取り替えします。

装幀　山田英春
印刷　理想社
製本　中永製本所



ISBN978-4-7948-1112-7
Printed in Japan

## 新評論　好評既刊

ロイス・ローリー／島津やよい 訳

### ギヴァー　記憶を注ぐ者

**時は近未来。生まれ育った理想郷の秘密を知った少年は、真実をとりもどす旅に出る…SFの古典的名作が新訳で再生！**

四六上製　256頁　1500円　ISBN978-4-7948-0826-4

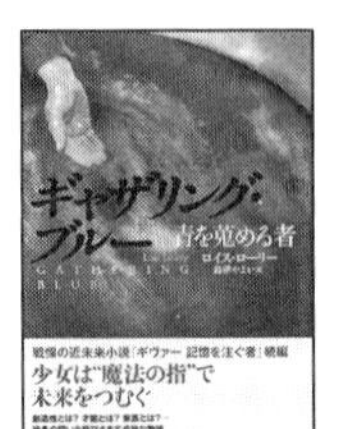


ロイス・ローリー／島津やよい 訳

### ギャザリング・ブルー　青を蒐める者

**子どもの創造性とは何か。「教育」とはだれのためにあるのか。数多の問いをはらむ話題の近未来小説シリーズ、待望の第二弾！**

四六上製　264頁　1500円　ISBN978-4-7948-0930-8

ロイス・ローリー／島津やよい 訳

### メッセンジャー　緑の森の使者

**相互扶助の平和な〈村〉にしのびよる不吉な影とは？人類の行く末を映しだす壮大な4部作、待望の第3弾！**

四六上製　232頁　1500円　ISBN978-4-7948-0977-3

ロイス・ローリー／島津やよい 訳

### ある子ども

**〈ギヴァー4 部作〉ついに完結！変化の契機となった赤ん坊とその母の旅路の果て、善と悪の最後のたたかいがはじまる。**

四六並製　384頁　2400円　ISBN978-4-7948-1089-2

戸川幸夫 著／田中豊美 画
戸川久美 解説

### 新装合本　牙王物語

**大雪山連峰を舞台に繰り広げられる自然・動物・人間の壮大な物語。読む者の心を捕えて離さぬ動物文学の最高峰が再生！**

四六並製　368頁　1800円　ISBN978-4-7948-1107-3

表示価格は本体価格（税抜）です。